AF544503

GRöLS
Verlage

„Bücher sind wie Fallschirme. Sie nützen uns nichts, wenn wir sie nicht öffnen."

Gröls Verlag

Redaktionelle Hinweise und Impressum

Das vorliegende Werk wurde zugunsten der Authentizität sehr zurückhaltend bearbeitet. So wurden etwa ursprüngliche Rechtschreibfehler regelmäßig *nicht* behoben, denn kleine Unvollkommenheiten machen das Buch – wie im Übrigen den Menschen – erst authentisch. Mitunter wurden jedoch zum Beispiel Absätze behutsam neu getrennt, um den Lesefluss zu erleichtern.

Um die Texte zu rekonstruieren, werden antiquarische Bücher von Lesegeräten gescannt und dann durch eine Software lesbar gemacht. Der so entstandene Text wird von Menschen gegengelesen und korrigiert – hierbei treten auch Fehler auf. Wenn Sie ebenfalls antiquarische Texte einreichen möchten, finden Sie weitere Informationen auf www.groels.de

Viel Freude bei der Lektüre wünscht Ihnen das Team des Gröls-Verlags.

Adressen

Verleger: Hermann-Josef Gröls,

Im Borngrund 26, 61440 Oberursel

Externer Dienstleister für Distribution & Herstellung:

BoD, In de Tarpen 42, 22848 Norderstedt

Unsere „Edition | Werke der Weltliteratur“ hat den Anspruch, eine der größten und vollständigsten Sammlungen klassischer Literatur in deutscher Sprache zu werden. Nach und nach versammeln wir hier nicht nur die „üblichen Verdächtigen“ von Goethe bis Schiller, sondern auch Kleinode der vergangenen Jahrhunderte, die – zu Unrecht – drohen, in Vergessenheit zu geraten. Wir kultivieren und kuratieren damit einen der wertvollsten Bereiche der abendländischen Kultur. Kleine Auswahl:

Francis Bacon • Neues Organon • **Balzac** • Glanz und Elend der Kurtisanen • **Joachim H. Campe** • Robinson der Jüngere • **Dante Alighieri** • Die Göttliche Komödie • **Daniel Defoe** • Robinson Crusoe • **Charles Dickens** • Oliver Twist • **Denis Diderot** • Jacques der Fatalist • **Fjodor Dostojewski** • Schuld und Sühne • **Arthur Conan Doyle** • Der Hund von Baskerville • **Marie von Ebner-Eschenbach** • Das Gemeindekind • **Elisabeth von Österreich** • Das Poetische Tagebuch • **Friedrich Engels** • Die Lage der arbeitenden Klasse • **Ludwig Feuerbach** • Das Wesen des Christentums • **Johann G. Fichte** • Reden an die deutsche Nation • **Fitzgerald** • Zärtlich ist die Nacht • **Flaubert** • Madame Bovary • **Gorch Fock** • Seefahrt ist not! • **Theodor Fontane** • Effi Briest • **Robert Musil** • Über die Dummheit • **Edgar Wallace** • Der Frosch mit der Maske • **Jakob Wassermann** • Der Fall Maurizius • **Oscar Wilde** • Das Bildnis des Dorian Grey • **Émile Zola** • Germinal • **Stefan Zweig** • Schachnovelle • **Hugo von Hofmannsthal** • Der Tor und der Tod • **Anton Tschechow** • Ein Heiratsantrag • **Arthur Schnitzler** • Reigen • **Friedrich Schiller** • Kabale und Liebe • **Nicolo Machiavelli** • Der Fürst • **Gotthold E. Lessing** • Nathan der Weise • **Augustinus** • Die Bekenntnisse des heiligen Augustinus • **Marcus Aurelius** • Selbstbetrachtungen • **Charles Baudelaire** • Die Blumen des Bösen • **Harriett Stowe** • Onkel Toms Hütte • **Walter Benjamin** • Deutsche Menschen • **Hugo Bettauer** • Die Stadt ohne Juden • **Lewis Caroll** • *und viele mehr….*

Inhalt

Matthias Blank

Der Mord im Ballsaal

Die gelbseidene Maske

Im großen Theatersaal des Deutschen Theaters war eine Theaterredoute.

Dort herrschte ein Wirrsal ohnegleichen. Rauschende Gewänder in Seide und Brokat, Perlen und blitzende Steine, Blumen von betäubendem Duft, unendliche Blumen an den Gewändern und auf Häuptern mit veilchenduftendem Frauenhaar. Überall heiße, wangengerötete Gesichter. Aber während die einen glühten im Feuer trunkener Jugendlust, zeigten die anderen schon Spuren von den verschwundenen Jahren durchlebter Genüsse dieses Daseins; wieder andere mit hohlen Augen und Wangen, auf welchen der Puder und die Schminke in phosphoreszierendem Glanze schimmerte. Neben der zerfressenden Leidenschaft schwüler, verlebter Tage die Glückssehnsucht erweckter Jugend. Grausam zerpflückte Blumen, welke Treibhauspflanzen. Dazwischen herrliche blühende, aufkeimende Rosenknospen.

Über all diesem Hin- und Herwogen lag der blendende Schimmer einer Menge elektrischer Lampen. Das monotone Stimmengewirr, bisweilen unterbrochen durch ein lautes Lachen oder einen Zuruf, wurde von den Parisienneklängen einer Streichkapelle übertönt, zu denen sich die Paare in schnellem Atem drehten.

Nur einer stand einsam in einer Nische, die den großen Saal trennte von dem in zierlichem Rokoko erbauten Silbersaale, und sah diesem Getümmel interessiert zu.

Ein schwarzer, faltenreicher Domino hüllte gänzlich seine schlanke Gestalt ein, eine schwarze Samtmaske machte sein Gesicht unkenntlich und ließ lediglich das Feuer seiner großen, leuchtenden Augen verraten.

Diese suchten in diesem Taumeltanze unstet und verlangend; jedes Paar fand sein Blick.

Schon eine geraume Weile gingen seine Augen suchend durch den Saal.

Jetzt schienen sie gefunden zu haben, wonach sie verlangten. Das Aufleuchten der Pupillen hatte es verraten. In nervöser Ungeduld reckte sich sein Kopf nach vorwärts.

Das Weib, auf dem sein lauernder Blick ruhte, ging am Arme ihres Tänzers langsam um den Saal, sich zu verschnaufen, und fächelte sich lächelnd Kühlung zu. Sie trug ein Kleid aus blaßgelber Seide, das Hals und Nacken offen ließ und so einen Körper verriet, der von berückender Schönheit sein mußte. Die zarte, blaugeäderte Haut war von blendend blassem Schimmer, wie die Narzissenblüten, die auf ihrem jugendlichen Busen schwankend lagen. Die Formen des Leibes waren von träumerischer Schönheit, weich und herrisch stolz, wie der Blick ihrer Augen. Die Stirne war hoch und bleich. Die Wangen aber brannten in heißem Rot.

Ihr Tänzer trug ein elegantes Ballkostüm.

Beide waren in ein erregtes Gespräch vertieft und merkten dabei garnicht, daß die Musik das Spiel absetzte.

Während jetzt die Mehrzahl der Paare zu den Erfrischungsräumen, die im Silbersaale eingerichtet waren, strebte, wandte sich das Paar, das in fast gleichmäßiger Schönheit, Tänzer und Tänzerin, zusammen zu gehören schien, dem im ersten Rang befindlichen Palmengarten zu.

Ihnen folgte stets in einer solchen Entfernung, die ein unauffälliges Beobachten ermöglichte, der schwarze Domino. Er huschte hinter dem voranschreitenden Paare nach der Treppe empor; er sah noch, wie die beiden im japanesischen Zimmer verschwanden.

Da inzwischen die Musik wieder zu einem prickelnden Straußschen Walzer einsetzte, und alles wieder dem großen Saale zustrebte, entstand in allen Räumen ein Hasten und Drängen.

Der schwarze Domino sah in dem dadurch entstandenen Getriebe, – etwa zwanzig Paare hatten sich in dem traulichen Raum des japanesischen Salons aufgehalten, – wohl noch das blaßgelbe Gewand der Verfolgten; aber als er die Treppe hinunterschritt, konnte sein spähendes Auge sie nicht mehr finden.

Umsonst suchte er wieder unter den Tanzenden. Es war auch zwecklos, als er den schützenden Schatten der Nische verlassen hatte und sich selbst unter die Scharen der Tanzenden drängte. Er konnte sie nicht wiedersehen.

Er hörte hierbei nicht, wenn ihn eine weibliche Maske herausfordernd anrief, er sah nicht die ausgelassene Lustbarkeit; in seinen glühenden Augen brannte eine andere Leidenschaft, die keine Fröhlichkeit kannte.

Mit listigen Schritten strebte er wieder, diesem Gewühl zu entkommen.

Dann verschwand er gleichfalls in dem Tohuwabohu des Ballsaales.

In dem Palmengarten des ersten Ranges aber war das Tänzerpaar.

In der Nische, in welcher die kleine Fontäne von elektrischen Glühlampen beleuchtet war, hatten sie an dem kleinen Tischchen mit den zwei Rohrstühlen Platz genommen.

Er drehte in nervöser Erregung die Spitzen des blonden Schnurrbarts zwischen den Fingern.

Hier fühlten sich beide wohl von Lauschern und unerbetenen Zeugen sicher, da die Stimme des Mannes erregter wurde und man jedes Wort verstehen konnte.

Auch das Weib flüsterte nicht mehr wie bisher, um nichts zu verraten, sondern sprach in lauter Stimme, die gleichfalls nicht vollständig frei war von erregter Leidenschaftlichkeit, woraus die sichere Zuversicht zu erkennen war, mit welcher beide ein Vorhandensein von dritten Personen für unmöglich hielten.

„Und dennoch kann ein Irrtum nicht vorliegen," begann der männliche Begleiter. „Du bist mit aller Sicherheit erkannt worden, als Du mit dem Herrn durch die Parkanlagen des englischen Garten gingst."

Einen Augenblick schien es, als zögerte das Weib mit einer Antwort, dann aber antwortete sie, wobei sie von dem Stuhle aufstand:

„Und ich muß wie vorher behaupten, daß sich dieser geirrt haben muß. Ich war gestern abend zu Hause. Damit wirst Du Dich zufrieden geben müssen! Führe mich jetzt zurück in den Saal, ich will tanzen!"

Er aber gab sich mit dieser Erklärung noch keineswegs zufrieden, sondern faßte mit einer plötzlich ausbrechenden Grausamkeit das zarte Handgelenk und preßte es mit seinen zusammengekrallten Fingern derart, daß das Weib vor Schmerz einen unterdrückten Schrei ausstieß.

„Du tust mir wehe! Laß mich los, ich will wieder hinunter in den Saal!"

„Nicht eher, bis ich Antwort habe!" knirschte mit aufeinandergepreßten Zähnen der Mann, ohne die umklammerte Hand freizugeben.

Mit blitzenden Augen sah sie in sein zorngerötetes Gesicht.

„So wisse denn: ich selbst war es, der Dich beobachtet hat! Jetzt antworte! Ich glaube doch, ein Recht auf die Beantwortung dieser Frage zu haben."

„Nein!" war die fast gleichzeitig erfolgte Antwort. „Noch bin ich frei und kann tun und lassen, was mir beliebt."

„Du gestehst damit, daß mein Auge mich nicht betrogen hat!" kam es von seinen Lippen, und er stieß die umklammerte Hand von sich. „Als Dein Verlobter aber fordere ich Dich auf, mir den Namen des Unbekannten und den Grund zu nennen, was Euch veranlaßte, unter dem Schutze der Nacht die Einsamkeit aufzusuchen!"

Trotzig aber kam ihm von dem kleinen Munde mit den kirschroten Lippen, zwischen denen die kleinen Zähne wie blendende Perlen auf rotem Samt schimmerten, Antwort zu:

„Und wenn Du glaubst, durch rohe Gewalt mich zwingen zu können, so wird mein Mund Dich das Gegenteil lehren. Ich will nicht Auskunft geben!"

Jetzt war auch er aufgestanden und stand ihr gegenüber, um den Ausgang aus dem Palmengarten zu versperren.

„Ich werde Dich zwingen, und müßte ich zum Schrecklichsten meine Zuflucht nehmen."

„Wage es nicht, mich auch nur mit dem kleinen Finger zu berühren! Ich rufe um Hilfe!"

Eine Pause trat ein, während welcher sich die beiden beobachtend gegenüberstanden.

Er brach zuerst das bange, erwartende Schweigen:

„Treulose Verräterin ..."

Diese Beschimpfung aber erreichte gerade das Gegenteil von dem, was sie wohl hätte erreichen sollen.

Mit hoheitsvoller Gebärde, die so viel Stolz und Herrschsucht verriet, blickte das Weib auf den Mann, der es wagte, sie zu beschmutzen durch dieses häßliche Wort. Dann aber sagte sie mit einem so bestimmten und festen Tone, der keine Widerrede zuließ:

„Selbst im Tode müssen meine Lippen schweigen. Glaubst Du, ein Weib könne so wenig ein Geständnis wahren?"

Unschlüssig stand er. Seine blitzenden Augen bohrten sich in die seiner Begleiterin, die seinem Blick ruhig begegnete, ohne auch nur im geringsten mit den Wimpern zu zucken.

Es schien, als drängte sich in ihm alles Gequälte und Ungewisse zusammen, um in einem heftigen Ausfall sich Luft zu machen.

Liebesleidenschaft, Eifersucht, Zorn und Haß zugleich waren die Gefühle, die in seinem erregten Innern tobten.

Seine Hände hatten sich geballt.

„Dennoch muß ich es wissen!"

Ein verächtliches Lächeln, das wie Hohn klang gegenüber seiner maßlosen Wut, war die einzige Entgegnung.

„Du spottest meiner nicht umsonst!" zischte er jetzt und seine Hand griff nach ihr.

In demselben Augenblick wurden Schritte hörbar, die sich dem Palmengarten näherten.

„Es ist nicht mein letztes Wort!" kam es noch hastig von seinen vibrierenden Lippen. Dann stürzte er dem Ausgang zu.

Das Weib aber blieb.

Die Musikkapelle spielte den letzten Walzer der zweiten Abteilung.

Die nun folgende längere Pause wurde allgemein benützt, sich von den langen Touren zu erholen.

In Scharen strömten die Paare nach den Seitenräumlichkeiten, um dort ein Tischchen zu bekommen. Der Silbersaal hatte sich rasch gefüllt mit Pärchen, die mit Flirten und harmlosem Geplauder, mit Scherzworten und Kosen die Zeit vertändelten, bis die Musik wieder zu einem neuen Tanze einlud.

Andere eilten die Treppen empor zum japanesischen Salon, zu den Ranglogen, oder zum Palmengarten.

Das erste Paar, das unter Gekicher und Scherzreden die Stufen zum Palmengarten niederstieg, blieb plötzlich wie angewurzelt stehen und verstummte; die Nachfolgenden blieben ebenso überrascht stehen.

Am Boden lag das Weib mit dem blaßgelben Seidenkostüm und den Narzissenblüten auf der Brust. Der schöne Leib, der an der Treppe lag, die in die Nische mit der Fontäne führte, lag regungslos, mit dem Gesicht seitwärts gewandt.

„Ein Unfall!" riefen gleichzeitig mehrere Stimmen, und einige der Herren eilten hinzu, um der Verunglückten zu helfen.

Aber entsetzt waren sie alle zurückgetaumelt.

Der Hals zeigte auf der rechten Seite, die gegen den Boden zugekehrt war und daher anfänglich nicht gesehen werden konnte, eine klaffende Wunde, aus der das Blut noch immer hervorsickerte.

„Ein Mord!" schrie einer der Herren. Und dieses Wort eilte weiter und verbreitete sich rasch, von Mund zu Mund getragen, in allen Räumlichkeiten. Alle strömten herbei.

Durch die Umsicht einiger verständiger Herren wurde der Zutritt in den Palmengarten gesperrt, bis Hilfe und Polizei gerufen war. Ein anwesender Arzt, in weißer Weste und Frack, untersuchte die am Boden Liegende und verkündete dann laut den um ihn stehenden Herren:

„Sie ist tot! Die Tat kann erst vor wenigen Minuten geschehen sein!"

Auf diese Erklärung folgte langes Schweigen.

Wer kannte die Tote? Wer wußte den Namen derselben?

Niemand wußte, wer sie war. Jeder aber hatte das Weib während der ersten Tänze bemerkt, jedem war sie durch ihre vollendete Schönheit aufgefallen. An ihren Begleiter konnte sich aber niemand erinnern, denn alle hatten nur Aufmerksamkeit für das schöne Weib gelabt.

Unten im Saale spielte wieder die Musik ihre bezaubernden und verlockenden Weisen. Und wieder kehrten die Paare zurück; was kümmerte sie die Tote, wenn Lustbarkeit lockte!

Nur vier der Herren waren zurückgeblieben und erwarteten das Eintreffen einer Amtsperson. Keiner derselben wagte zu sprechen, nur hier und da wurde ein Flüsterton vernehmbar.

Es war ein furchtbarer Anblick: die Tote mit der klaffenden Halswunde und den Narzissen auf der Brust. Dazu die schmiegenden, kosenden Klänge der Musik.

Inzwischen waren drei Polizeibeamte eingetroffen, ein Kommissar und zwei Schutzleute.

Der Kommissar nannte den Herren gegenüber seinen Namen.

„Kommissar Scharbeck!"

Der Arzt, der den Tod der Aufgefundenen konstatiert hatte, stellte sich dem Kommissar sofort zur Verfügung.

„Doktor Hallern, praktischer Arzt. Bitte, Herr Kommissar, meine Wenigkeit als zu Ihren Diensten zu betrachten."

Dankend nahm der Kommissar dieses Anerbieten an und befahl zuerst einem der Schutzleute, den Zugang zum Palmengarten zu sperren, das Tor mit einem Vorhang zu verhängen, damit von den Vergnügungssüchtigen, die alle längst wieder den grauenhaften Anblick vergessen hatten, keiner mehr daran erinnert werde. Dann nahm Kommissar Scharbeck unter Assistenz des Doktor Hallern die Leichenbesichtigung vor.

Hier bewies der Kommissar eine scharfe Beobachtungsgabe. Sein geschärftes Auge suchte sofort nach Spuren, die auf einen Täter hätten schließen lassen. In dem feinen, gelben Sande, der auf dem Boden um das Tischchen lag, zeigten sich Fußspuren.

„Ist irgend einer der Herren hier herauf getreten?" war seine erste Frage.

Es lag nämlich die eigentliche Parkanlage mit den Palmsträuchern und imitierten Kieswegen etwas erhöht, während an der Seite entlang ein Parkettchen führte.

„Der erste der Eintretenden war ich!" meldete sich einer der Herren, der sich mit Warndorf vorgestellt hatte. „Ich habe aber nichts bemerkt, daß einer die Erhöhung betreten hätte."

Mit der Umständlichkeit des erfahrenen Detektivs, die keine Übereilung und keine überstürzte Hast kennt, nahm Scharbeck die Maße der Fußabdrücke.

Niemand störte ihn hierbei durch ein dazwischengesprochenes Wort.

Während sich der Kommissar die Zahlen in das Notizbuch schrieb, erklärte er:

„Es hatten hier ein Herr und eine Dame eine heftige Auseinandersetzung.“ Er bückte sich nieder und verglich den Fuß der Leiche mit den aufgezeichneten Maßen. Dann setzte er mit etwas flüsternder Stimme hinzu: „Die Dame ist nunmehr tot; er aber dürfte der Mörder sein!“

„Woraus schließen Sie, Herr Kommissar, daß eine Auseinandersetzung stattgefunden hat?“ fragte überrascht Doktor Hallern.

Ein Lächeln huschte über das Gesicht des Detektivs, das von einem schon ergrauten Vollbart umrahmt war.

„Die Stellung der Füße verrät es. Die beiden haben anfänglich hier auf den Stühlen gesessen!“ Er wies dabei stets auf die Spuren. „Dann ist sehr wahrscheinlich die Tote zuerst aufgestanden, um sich zu entfernen, er hat sie zurückgehalten, hier standen sie sich gegenüber. Die Ermordete ist hier zurückgewichen. Hier ist die Spur verwischt, das läßt auf eine rasche, plötzliche Drehung schließen. Hier sind sie wieder heruntergestiegen. Damit endet mein Wissen.“

Interessiert hatten die Anwesenden den Ausführungen des Kommissars zugehört.

Dieser wandte sich nunmehr an Warndorf, der zuerst die Leiche gesehen hatte.

„Haben Sie einen Herrn bemerkt, ehe Sie hier hereintraten?“

Dieser verneinte kopfschüttelnd.

„Wo kamen Sie her, als Sie den Palmengarten betraten?“

„Von unten!“

„Dann kann der Täter also nur in den Räumlichkeiten des ersten Ranges Zuflucht gesucht haben!“ ergänzte hierzu der Kommissar.

Den Vorschlag des Doktor Hallern, eventuell nach diesem suchen zu lassen, lehnte der Kommissar als vollständig zwecklos ab, da es diesem inzwischen längst gelungen sein müsse, das Haus zu verlassen.

Hierauf galt die nächste Aufgabe der Leiche. Hierbei leistete dem Kommissar Doktor Hallern die besten Dienste. Nach dessen bestimmten Zeugnissen konnte die Tat höchstens fünf Minuten vor dem Eintreffen des ersten Zeugen geschehen sein; die Wunde war durch ein scharfes Messer herbeigeführt. Der Stich mit der rechten Hand zugefügt, und zwar durch einen Stoß von oben her, der nahe der Ohrmuschel eindrang und den Hals schlitzte bis zur Kehle. Die große Halsschlagader war durchschnitten; der Tod durch Verbluten eingetreten.

Alle diese Angaben wurden durch den Kommissar genau notiert.

Bei dem genauen Untersuchen der Leiche, wobei auch in den Taschen der Kleider nach eventuellen Beweisen für die Person der Toten geforscht wurde, fiel aus den blassen Narzissen ein kleines Schmuckstück. Der Kommissar hob es vom Boden auf. Es war eine Nadel, auf welcher eine kleine goldene Rose saß, deren Blütenblätter weit geöffnet waren, und in deren Innern ein Tautropfen glänzte, den ein Diamant von seltener Leuchtkraft bildete.

Wem gehörte dieser Schmuck?

War er angesteckt am Kleide der Ermordeten, oder war er dem Mörder entfallen?

Jedenfalls war es ein Prunkstück, das einen ungewöhnlichen Wert besitzen mußte!

„Vielleicht verrät diese Rose, was diese Lippen nicht mehr sagen können?“ sagte der Kommissar zu Doktor Hallern.

„Jedenfalls hoffen wir, daß diese Tat nicht ungesühnt bleibt,“ war die Erwiderung des Doktors.

Durch die Bemühungen des zweiten Schutzmanns war inzwischen die Garderobe der Ermordeten herbeigeschafft worden. Aber auch hier wurde nichts vorgefunden, was auf die Besitzerin hätte schließen lassen.

Auch die herbeigerufenen Leichenträger waren nun eingetroffen und hatten bald die Leiche fortgeschafft, die nach dem Leichenschauhause des südlichen Friedhofs gebracht werden sollte.

Nach diesem verabschiedete sich Kommissar Scharbeck, der vorher noch die Namen der Herren notiert hatte.

Auch Doktor Hallern blieb nicht länger, denn die wogende Musik und die ausgelassene Lustbarkeit in demselben Gebäude, in welchem kurz vorher eine so schreckliche Mordtat begangen worden war, konnte den Eindruck nicht verwischen, der in ihm zurückgeblieben war.

Seine Gedanken folgten nur der einen Richtung:

„Wer konnte ein Geschöpf von solch vollendeter Schönheit töten? Was war wohl die Ursache hierzu?“

Diese Fragen quälten ihn wohl bis zum frühen Morgen, als schon die Sonne wieder ihren Weg beschritten hatte.

Ein hartherziger Vater

Der Bankdirektor Walther bewohnte den ersten Stock des Hauses Nummer vier am Paulsplatz.

Gegen morgens sechs Uhr schon hatte sich der Bankdirektor in das gemeinsame Wohnzimmer begeben, wo er regelmäßig die Zeitung zu lesen pflegte, bis das Frühstück aufgetragen wurde.

Er war ein hochgewachsener Mann in den fünfziger Jahren. Sein üppiges, braunes Haar und der gleichfarbene Schnurrbart – das Kinn trug er stets glatt rasiert – waren schon stark mit grauen Haaren durchzogen. Er wurde alt, trotzdem er stets versicherte, daß er sich noch ebenso gesund und kräftig fühle, wie in den vierziger Jahren.

Sein Geist arbeitete auch gleichmäßig rastlos und er beherrschte den ihm anvertrauten Posten mit einer nahezu pedantischen Gewissenhaftigkeit. Diese Strenge und Genauigkeit war ihm so in Fleisch und Blut übergegangen, daß er auch im Kreise seiner Familie mit gleich drakonischer Strenge alles beurteilte. Von den Dienstboten wurde er besonders gefürchtet.

Selbst seine Frau, die stets in Frieden und ohne Streit schon seit dreißig Jahren mit ihm zusammengelebt hatte, hegte eine Scheu vor seinem oft barschen Wesen; sie fürchtete ihn und hatte eine hochachtende Meinung vor jeder seiner Anordnungen, die lediglich auf ihrer großen Liebe basierte. Vor dreißig Jahren hatte sie ihn geheiratet; beide besaßen damals nichts und nur durch seine Tüchtigkeit hatten sie sich soweit emporgerungen.

Walther las noch immer die Morgenzeitung.

Die Uhr zeigte schon auf halb acht, aber das Frühstück war noch immer nicht serviert worden.

Wiederholt schon hatte der Bankdirektor nach der Uhr gesehen. Niemand kam.

Da warf er die Zeitung beiseite und schritt mit langen Schritten im Zimmer hin und her. Das war das erste Anzeichen seiner Ungeduld.

Immer mehr rückte der Minutenzeiger auf die zwölf.

Ein Griff seiner Hand nach der Tischglocke und ein schrilles, anhaltendes Läuten gellte durch den Raum.

Da kam auch schon durch die Tür, hastig und übereilt, ein kleines, graues Mütterchen mit durchfurchten und abgehärmten Gesichtszügen. Das fast weiße Haar war gescheitelt und über die Schläfen zurückgekämmt. Das war seine Frau.

Er sah nicht nach ihr, sondern sagte unwirsch und befehlend:

„Ich will frühstücken! Ich bin nicht gewohnt, warten zu müssen, bis ich befehle!"

Das grauhaarige Mütterchen, das neben der großen, breitschultrigen Gestalt des Direktors so unscheinbar erschien, wollte etwas erwidern, die Lippen öffneten sich schon; als aber Walther sie mit stechendem Blicke ansah und wiederholte, was er schon gesagt hatte, da schrak die kleine, alte Frau so sehr zusammen, daß sie ohne eine Widerrede wieder zur Tür hinausging.

Bald hernach brachte das Dienstmädchen den Morgenkaffee. Ihr folgte die Frau Walther, die den Kaffee für den Gatten und für sich servierte.

„Wo ist Luise?" fragte der Bankdirektor, als er sah, daß nur für zwei gedeckt wurde.

Bei dieser barschen Frage war die kränkliche Frau plötzlich so verschüchtert, daß sie momentan nicht antworten konnte. Dann aber perlten aus ihren Augen Tränen nieder.

„Was soll das wieder sein? Warum weinst Du?"

In dem Manne, der nur unerbittliche Strenge sowohl gegen sich, als auch gegen andere kannte, war nur zu leicht der Argwohn erwacht. Hierzu hatte er noch mehr Grund, da er sehr wohl wußte, wie er das

Benehmen seiner Frau zu deuten hatte, die unter seiner Hand sich formen und leiten ließ, wie weiches Wachs.

Aber nur um so heftiger schluchzte die Mutter.

„Was ist geschehen?“

Er war vor ihr stehen geblieben und seine Augen blickten so durchdringend in ihr Gesicht, als wollten sie aus diesem lesen, was die Lippen verschwiegen.

„Luise ist fort!“

Überrascht blickte Walther auf.

„Was soll das heißen? Wo ist sie?“

Ein erneuter Tränenstrom erstickte die Stimme, sodaß nur unverständliche Worte aus dem Munde der Mutter kamen.

Damit aber war die Geduld des Bankdirektors erschöpft. Mit gewaltigen Tritten, wobei der Glaslüster leise klirrte, entfernte er sich aus dem Zimmer und suchte die Kammer auf, die seiner Tochter als Schlafstube diente.

Diese betrat er.

Das Bett war unbenutzt. Alles fand er in der gewohnten Ordnung.

Er wußte nicht, wie er das Benehmen der Gattin deuten sollte und kehrte wieder zu ihr zurück. Im Polstersessel fand er sie, den kleinen Kopf vergraben in die Ecke der Rücklehne.

Er sah, wie ihr Körper durch Schluchzen stoßweise gehoben wurde. Selbst dieser Anblick konnte dem starren Manne kein herzliches Wort entlocken; es war ihm jede Seelenregung, wie Erbarmen oder Mitleid, fremd. Er kannte nur ein Recht und Unrecht. Danach urteilte er.

„Wo ist Luise?“ fragte er jetzt.

Seine Gattin wandte ihm jetzt das Antlitz zu. Sein Auge sah den verstörten Blick, das krampfhafte Zucken der Mundwinkel. Leise, kaum hörbar, stammelte dann die Mutter:

„Ich weiß es nicht! Sie kam die Nacht hindurch nicht nach Hause."

„Was?" frug erstaunt der Bankdirektor, der diese Nachricht kaum zu fassen schien.

Unter vielen Tränen, von Schluchzen oftmals unterbrochen, erzählte nun die Frau:

„Gestern ist Luise schon frühzeitig auf Ihre Kammer gegangen und sagte, sie sei müde und wünsche bald zu schlafen. Ich ließ sie gehen. Heute morgen, als ich sie wecken wollte, erhielt ich keine Antwort. Ich trat ein und fand das Bett unbenutzt."

Ein langes Schweigen folgte.

Der Bankdirektor sagte sodann:

„Sie wird sich der Last unserer Aufsicht entzogen haben. Mag sie jetzt auch ein Lotterleben beginnen, wie –"

Hier stockte der alte Walther. Er mochte den Namen nicht aussprechen, der in seinem Hause seiner Bestimmung zufolge schon seit Jahren nicht mehr genannt werden durfte.

Bei dieser Anklage konnte das Herz der Mutter nicht schweigen. Mit fast flehender Stimme bat sie:

„Karl, versündige Dich nicht! Luise ist ebenso schuldlos wie Franz. Wer weiß, welch Unglück ihr zugestoßen sein mag!"

Aber der Wille des Vaters war unbeugsam. Zornig rief er aus:

„Sie hat das Elternhaus verlassen! In der Nacht ist sie geflohen! Ich rufe sie nicht zurück."

„Sei nicht so mitleidlos!" bat nochmals die Mutter.

„Es gibt nur eine Schuld!" kam es mit eisiger Schärfe aus dem Munde des Direktors. „Sie hat ihr Vaterhaus verlassen, lebend soll sie es nicht wieder betreten!"

„Karl!“ Wie der Verzweiflungsschrei eines mit dem Tode Ringenden gellte es von den Lippen der Mutter. „Fluche ihr nicht, auf daß Du nicht an Dir selber sündigst!“

„Was ich sage, gilt mir Recht! Ich habe keinen Sohn und keine Tochter mehr. Der sich mein Sohn nannte, ist ein Dieb, die Tochter aber wurde eine Landstreicherin.“

„Der Verdacht ist gegen sie, aber das Mutterherz spricht für sie,“ erwiderte die Alte und war hierbei wieder ruhig geworden. „Möge Gott das Schicksal so lenken, daß ihre Schuldlosigkeit zu Tage tritt, ehe Dein Fluch sich erfüllt hat.“

Bankdirektor Walther kannte kein Beugen, sein Wille war von derselben Strenge und Unerbittlichkeit, wie seine Rechtsanschauung.

Stets hatte die Frau schweigen müssen, wenn er sein Urteil abgegeben hatte. Er duldete nie, daß die Frau, die mehr ein Geschöpf seiner Willkür, als ein selbstberechnendes Wesen war, anderer Meinung als er gewesen wäre.

Ihre jetzige Widerrede, die nicht mehr verschüchtert ausgesprochen wurde, brachte sein leicht erregbares Blut in noch größere Wallung.

„Ich kenne keinen Sohn und keine Tochter –“

Sein Weib unterbrach ihn und sagte mit klarer Stimme:

„Möge ein göttliches Geschick verhüten, daß Deine Worte sich erfüllen.“

In diesem Augenblick trat das Dienstmädchen ein und überreichte dem Bankdirektor eine Visitenkarte. Dieser las den Namen. Dann befahl er bestimmt und fest, als ob nichts vorgefallen wäre:

„Führen Sie den Herrn in mein Zimmer!“

Das Mädchen entfernte sich sofort wieder, um diesen Befehl unverzüglich auszuführen.

Fragend ruhten die Augen der Frau auf dem undurchdringlichen Antlitz des Gatten, das nicht die geringste Gemütsbewegung verriet. Eine

Ahnung verkündete der Mutter, daß etwas Ungewöhnliches geschehen sein müsse. Diese Ahnung machte aus der alten, kleinen Frau wieder das willenlose Geschöpf. Und mit einer flehenden Gebärde trat sie auf den Gatten zu.

Dieser aber beachtete die kleine Frau gar nicht weiter, sondern verließ ruhig und mit schwere. Schritten das Wohnzimmer.

Seine Hand zitterte unmerklich, als er die Klinke der Tür zu seinem Arbeitsraume niederdrückte und öffnete.

„Herr Kommissar, was verschafft mir die Ehre Ihres Besuches?“ waren seine ersten Worte.

Kommissar Scharbeck war es, der sich angemeldet hatte und nun auf den Bankdirektor zuging, diesem die Hand darreichte und dann zögernd sagte:

„Ich bringe nichts Erfreuliches!“

Die Gedanken Walthers arbeiteten stets in die Zukunft sehend; er war in diesem Augenblick sofort überzogt, daß die Anwesenheit des Kommissars nur auf ein Vorkommnis mit Luise sich beziehen konnte.

Was aber mochte es sein?

„Betrifft es meine Tochter Luise, dann sprechen Sie!“ forderte er den Kommissar auf.

„Können Sie auch eine schreckliche Mitteilung ertragen?“ begann der Kommissar wieder, gleichsam vorwärts tastend, als müßte er erst Boden suchen, ob seine Nachricht in diesem Manne auch Halt finde.

„Ich bin auf das Furchtbarste gefaßt!“

Wieder sprach die Stimme des Bankdirektors in jenem eisigen Tone, der den Kommissar erschaudern machte.

„Ihre Tochter wurde mit schweren Verletzungen aufgefunden und ist – “

„Tot!“ ergänzte der Bankdirektor.

Seine Stimme zitterte hierbei nicht, und seine Gestalt wankte nicht. Er frug nur:

„Wie und wo geschah es?“

Der Kommissar berichtete nunmehr ausführlich, was vorgefallen war.

Ohne ihn zu unterbrechen, hatte ihn der Bankdirektor angehört.

„Kann ich die Leiche sehen?“

„Ich hätte Sie darum gebeten,“ entgegnete hieraus Kommissar Scharbeck. „Es ist noch nicht der Beweis dafür erbracht, daß es auch wirklich Ihre Tochter ist.“

„Ich folge Ihnen!“

Bankdirektor Walther zog seinen schweren Pelzmantel an, und bald führte die beiden eine Droschke nach dem Leichenschauhause.

Rasselnd und polternd fuhr der Mietwagen vor dem Friedhofseingang in der Thalkirchnerstraße vor.

Mit entblößtem Haupte trat der Bankdirektor in die kleine Leichenhalle, die für gewöhnliche Besucher gesperrt ist. Nach ihm folgte Kommissar Scharbeck.

Da lag die Leiche! Wie sie vorgefunden wurde, so war sie aufgebahrt worden: Das blaßgelbe Seidenkostüm, der entblößte Hals mit der klaffenden Wunde, die Narzissen auf der Brust.

Das Gesicht zeigte einen friedlichen, ruhigen Blick. Die Majestät des Todes verlieh dem schönen, blassen Antlitz etwas Hoheitsvolles.

Walther starrte in Gedanken versunken auf die vor ihm Liegende.

Es war Luise, sein Kind! Sofort hatte er sie wiedererkannt. Auch das blaßgelbe Kleid war ihm nicht unbekannt. Vor fünf Jahren, als er die Jubelfeier seiner silbernen Hochzeit gefeiert hatte, da hatte sie es das erstemal getragen. Seitdem nicht wieder! Nur an diesem Tage! An ihrem Sterbetage!

Diese Erinnerung bedrückte ihn, und er fühlte einen Augenblick, daß sich Tränen aufdrängten. Diese Schwäche währte nur eine kurze Spanne Zeit. Dann sah er wieder die Schuld. Fortgestohlen hatte sie sich aus dem Elternhause, um einer sündhaften Lustbarkeit nachzugehen. Nun hatte sie es mit dem Tode gebüßt!

Schuld und Strafe! Diese beiden Begriffe waren in dem unbeugsamen Manne unzertrennliche Begriffe, so in eines gekettet, daß er das eine ohne das andere für nicht möglich hielt.

Und die Träne, die schon in seinem Auge stand, wurde zurückgedrängt.

Wortlos sah er auf die Leiche, die ehedem sein Kind war. Kein Wort des Schmerzes, des Bedauerns oder Mitleids rang sich von seinen Lippen los. Mit einer müden, schwerfälligen Bewegung wandte er sich um nach dem Kommissar und sagte:

„Sie ist es! Gehen wir wieder!"

Nun gingen beide wieder den Weg zurück.

Scharbeck wagte es nicht, zu sprechen, da er fürchtete, den Schmerz des Vaters zu erhöhen.

Erst als ihn der Bankdirektor aufforderte, ihn ruhig zu befragen, wenn er etwas zu wissen wünsche, da frug Scharbeck, dessen Bestreben pflichtgemäß darauf gerichtet war, eine Spur von dem unbekannten Mörder zu gewinnen.

„Können mir Herr Direktor vielleicht sagen, ob das Fräulein irgend ein Verhältnis hatte, oder mit einem Herrn in engerer Beziehung stand?"

Walther fixierte den Kommissar scharf und entgegnete dann:

„Nein! Mit niemand! Haben Sie einen Grund zu dieser Frage?"

Daraufhin erzählte Kommissar Scharbeck von den am Tatort aufgefundenen Spuren und den daraus gezogenen Folgerungen.

Ruhig hatte der Direktor zugehört; dann aber wiederholte er:

„Ich kenne keinen Herrn, der in näherer Beziehung zu Luise gestanden hätte!“

Nachdenklich sann der Kommissar.

Walther aber entschuldigte sich, verabschiedete sich dann und fuhr mit der nächsten Droschke, die ihm begegnete, nach Hause.

Seine Frau hatte ihn schon erwartet. Mit ängstlicher Scheu forschte sie in seinen Zügen und frug flüsternd:

„Was ist mit meinem Kinde? Wo ist Luise, unsere Tochter?“

Der Bankdirektor zog die Stirn in Falten, klemmte die Lippen zusammen und schwieg.

Sein Weib aber erkannte in diesem Schweigen, daß etwas Gräßliches vorgefallen sein mußte, und bat ihn nunmehr flehentlich:

„Franz, unser Sohn ist für uns tot! Ein Kind nur ist noch mein eigen, Luise. Was ist ihr geschehen?“

„Ich hatte keine Kinder mehr. Luise Walther, die Du Tochter nennst, ist tot. Vom Elternhaus hat sie sich fortgestohlen zur Lustbarkeit. Auf der Redoute suchte sie ein Liebesabenteuer. Sie hat auch einen Tänzer gefunden. Jetzt aber hat sie ein Strafgericht niedergeschmettert. Ich bin schuldlos an ihrer Sünde.“

Mit harter Mitleidlosigkeit hatte der Vater sein Kind angeklagt und sein Urteil gesprochen. Er fand die Sühne gerecht ihrer Schuld.

Die Mutter aber brach vor Weh zusammen.

Ihr einziges, letztes Kind mußte sie so verlieren.

In schwerem Verdacht

Etwas unbefriedigt hatte sich auch Scharbeck von dem Bankdirektor Walther entfernt.

Dieser eigentümliche Mann, der so ruhig und leidenschaftslos den Tod seines Kindes ertragen hatte, erweckte in dem Kommissar ein unbewußtes Grauen.

Wie düster und unheimlich mochte die Seele dieses Mannes sein, der vor nichts bebte, selbst nicht vor der furchtbaren Gewalt des Todes!

Der Kommissar strebte, über den Sendlingertorplatz eilend, dem Polizeibureau zu.

Er blickte hierbei gewohnheitsgemäß zu Boden, da er sich in Gedanken stark mit dem in der vergangenen Nacht begangenen Morde beschäftigte.

Erst als er plötzlich neben sich seinen Namen rufen hörte, blickte er auf und erkannte sofort Doktor Hallern, der in Begleitung eines zweiten Herrn gerade neben ihm herschritt.

Scharbeck dankte.

Doktor Hallern aber schloß sich dem Kommissar an und frug, ob er schon irgend etwas in der Mordaffäre erfahren hatte.

Da der Kommissar verneinte, wandte sich Doktor Hallern an seinen Begleiter:

„Ich vergaß gänzlich, Dich von einem interessanten Erlebnis zu verständigen. Gestern wurde nämlich während der Redoute im Deutschen Theater eine Unbekannte im Palmengarten ermordet aufgefunden. Ich war einer der ersten, kaum vier oder fünf Minuten nach der Tat, neben der Leiche."

Der Kommissar blickte bei den Worten des Doktors dessen Begleiter an und bemerkte, wie dieser sich verfärbte. Das Gesicht nahm rasch eine fahle Blässe an, um eben so rasch von tiefem Rot übergossen zu sein.

Dies hätte wohl des Kommissars Aufmerksamkeit nicht allein in so hohem Grade gefesselt, hätte er nicht hastig und erregt gefragt, ob er – Doktor Hallern – im Deutschen Theater gewesen sei. Dies bejahte natürlich der Doktor.

Der Kommissar aber benützte mit der gewohnten Schlagfertigkeit diesen Augenblick und wandte sich an den Begleiter des Doktors mit der bestimmten Frage, wobei seine Augen sich förmlich festsaugten in dem Antlitz des Angeredeten.

„Sie waren gewiß ebenfalls dort und hatten Ihren Freund nicht einmal bemerkt?“

Der Gefragte zögerte einen Augenblick, als besinne er sich erst, welche Antwort er geben sollte. Dann aber entgegnete er:

„Nein! Ich wunderte mich nur, daß Hallern noch Redouten besucht!“

Hierauf aber protestierte der Doktor sofort:

„Oho! Wir waren doch letzten Samstag gemeinsam auf der Trefler-Redoute!“

Wiederum konnte Scharbeck eine sichtliche Verlegenheit wahrnehmen.

Lag hier ein Zufall vor? Oder sollte er diesem Umstande irgendwelche Bedeutung beimessen?

Doktor Hallern stellte jetzt seinen Begleiter dem Kommissar vor:

„Hans Olden! Ohne Beruf! Glücklich im Besitze eines horrenden Vermögens.“

Auf dem gemeinsamen Wege durch die Sendlingerstraße wurde jetzt nur von gleichgültigen Dingen gesprochen. Schon waren sie am Marienplatze angekommen, wo sich ihre Wege trennten, da frug Doktor Hallern, sich plötzlich wieder erinnernd:

„Und den Namen der Ermordeten hat man auch noch erfahren?“

„Allerdings!“ war die Antwort des Kommissars, der jetzt genau beobachtete, wie Hans Olden gespannt auf seine Erwiderung wartete. Es lag daher vollständig in Scharbecks Absicht, daß er den Namen noch zurück behielt.

„Nun? Darf man ihn denn nicht erfahren? So sehr wird doch das Amtsgeheimnis nicht gehütet werden müssen?“ frug Doktor Hallern.

So unauffällig wie möglich fixierte der Kommissar Olden und sagte dann langsam, in phlegmatischem Tone, um das Mienenspiel desselben studieren zu können:

„Es ist eine Bankdirektorstochter, Luise Walther!“

Der Kommissar verfolgte hierbei einen doppelten Zweck. Das Benehmen dieses Olden mußte ihm auffällig erscheinen. Er mußte wissen, ob der Grund hierzu in der Mordtat zu suchen war, oder ob er dabei, wenn auch unbewußt, beteiligt war. Noch lag es ferne, irgend welchen bestimmten Verdacht zu fassen, da hierdurch zu leicht ein Irrgehen möglich wurde.

Deshalb sprach er den Namen der Ermordeten deutlich aus, wobei er hauptsächlich den Taufnamen betonte. Während er bei Doktor Hallern einem gleichgültigen Interesse begegnete, wie es jeder für einen Unbekannten hegt, dem ein besonders schwerer und eigenartiger Unfall zugestoßen ist, konnte er bei Olden eine nur zu auffallende Erregung bemerken.

Die Gestalt Oldens zitterte förmlich, sodaß selbst Doktor Hallern aufmerksam wurde und seinen Begleiter frug:

„Was ist denn mit Dir? Hast Du sie vielleicht gekannt?“

Olden schüttelte verneinend den Kopf und antwortete:

„Der Name ist mir fremd. Es ist nur ein Unwohlsein, das mich seit mehreren Tagen schon quält.“

Doktor Hallern lachte.

„Dann leg Dich zu Bett, statt fröstelnd herumzulaufen. Mach Dir einen heißen Grog und schwitze mal tüchtig!“

Der Kommissar trennte sich und schlug die Richtung nach der Weinstraße ein. Sobald er aber annahm, von seinen beiden Begleitern nicht mehr bemerkt zu werden, da kehrte er möglichst rasch den Weg wieder zurück und folgte in einer entsprechenden Entfernung den beiden, die durch die Kaufingerstraße gegen das Karlstor zu promenierten.

Während Scharbeck diesem Olden folgte, überlegte er nochmals, ob die Gründe, die ihn zu dieser Handlung veranlaßten, genügend Ursache hatten, um dieses Vorgehen nicht zwecklos erscheinen zu lassen.

War es nicht zu eigentümlich, wenn er lediglich einem solchen Zufalle vertraute, statt planmäßig vorzugehen?

Er konnte trotz aller Gegeneinwände seinen Verdacht nur bestärken.

Olden war erschrocken, als er hörte, sein Freund sei auf der Theaterredoute gewesen. Offenbar war er selbst dort gewesen und sollte nicht gesehen werden; diese Furcht äußerte sich bei der Mitteilung seines Kameraden. Olden war unstreitig verwirrt, als er direkt herausgefordert wurde, zu antworten, ob er nicht auch dort gewesen war. Dann diese auffallende Erregtheit, als er den Namen der Ermordeten nannte!

Wenn ihn aber nur der Zufall narrte? fragte sich Scharbeck nochmals. Dann hatte er allerdings viel Zeit verloren, vielleicht auch jede weitere Spur.

Am Karlsplatze trennten sich Doktor Hallern und Hans Olden.

Scharbeck folgte Olden, der durch die Schützenstraße nach der Dachauerstraße ging.

Am Haus Nummer 25 blieb Olden stehen und sah nach beiden Seiten. Dann ging er durch das Haustor und verschwand im Stiegenhaus.

Jetzt war es Scharbeck möglich, in den nächsten Stunden noch eine Entscheidung herbeizuführen.

Er beauftragte einen in der Nähe patrouillierenden Schutzmann unter irgend einem nichtigen Vorwand im Hause nach Hans Olden zu recherchieren. Er selbst durfte das nicht unternehmen, da er sofort von Olden, wenn ihn dieser gesehen hätte, wiedererkannt worden wäre.

Nach kaum zehn Minuten war der Schutzmann wieder zurückgekehrt.

Seine Mitteilung ging dahin, daß Hans Olden im Pensionat einer Witwe Müller schon seit nahezu drei Jahren wohne, sehr reich sei und nur wenig Umgang pflege.

Dies genügte Scharbeck vorerst!

Er überlegte nun lange, was er jetzt beginnen sollte. Es hätte ihm ja das Recht zugestanden, sofort eine Durchsuchung in den Zimmern Oldens vorzunehmen, aber er fand dies doch zu peinlich, da seine Verdachtsgründe doch zu geringfügig für ein solches Vorgehen gewesen wären. Er mußte durch List das erreichen, was allein eine bestimmte Ansicht herbeiführen konnte.

War in der in Frage stehenden Nacht Olden wirklich zu Hause oder im Deutschen Theater? Stimmte das Maß, das er von der zurückgelassenen Spur abgenommen hatte?

Im Gang eines Hauses, das der Nummer 25 gegenüberlag, nahm Scharbeck Aufstellung. Er mußte hier warten, bis Olden sich wieder entfernte.

Mit der zähen Ausdauer eines Kriminalisten wartete Scharbeck eine Stunde; die zweite verrann. Schon war die Mittagsstunde vorüber, aber immer noch war Scharbeck auf seinem Posten.

Endlich, in der vierten Stunde seiner Wartezeit, trat Olden wieder aus dem Hause.

Die Augen des Detektivs verfolgten ihn noch eine weite Wegstrecke, bis er völlige Sicherheit besaß, seinen Plan nunmehr durchführen zu können.

Bald war er oben im zweiten Stockwerk und schellte an der Glocke zum Pensionat Müller. Eine ältere Dame öffnete ihm.

„Ist vielleicht Hans Olden zu Hause?“ fragte sie Scharbeck.

Die Dame teilte ihm mit, daß dieser vor kurzem das Pensionat verlassen hätte.

Jetzt improvisierte Scharbeck:

„Unangenehm! Ich sagte ihm gestern abend, ehe er auf die Redoute des Deutschen Theaters gehen wollte –“ hier unterbrach sich Scharbeck und frug: „Olden ist doch gestern noch hingegangen?“

„Allerdings!“ antwortete die Dame auf diese Frage. „Er sagte es wenigstens! Wann er nach Hause kam, weiß ich nicht.“

Scharbeck triumphierte innerlich. Diese eine Annahme war richtig. Jetzt zu Punkt zwei!

„Ich soll ihm nämlich neue Ballstiefel liefern. Ich habe ein Paar zu Hause, doch weiß ich wirklich nicht, ob auch die Größe stimmt. Ich habe wohl ein ungefähres Maß bei mir. Vielleicht stehen seine Ballstiefel hier?“

„Aber gewiß!“ versicherte die alte Dame und entfernte sich, um bald hernach mit dem Stiefelpaar Oldens wieder zurückzukehren.

Nun sollte es sich beweisen!

Die Hand zitterte unwillkürlich vor Aufregung, als er die Breite und Länge des Schuhes abnahm.

Sie stimmte genau mit den Aufzeichnungen, die er sich gemacht hatte.

Er nur konnte es also sein, der mit Luise Walther im Palmengarten des Deutschen Theaters eine Auseinandersetzung hatte.

War er aber deshalb auch der Mörder?

Unter vielen Entschuldigungen hatte Scharbeck sich wieder entfernt und kehrte, in Gedanken versunken, wieder zurück, den Weg, den er gekommen.

Jetzt erst begab er sich auf sein Polizeibureau, wo er nunmehr einen ausführlichen Bericht niederschrieb.

Als er so Zeile für Zeile schrieb und sich hierbei jeder Umstand wieder mit deutlicher Schärfe zeigte, da gewannen die Verdachtsgründe gegen Hans Olden immer mehr an Wahrscheinlichkeit.

Er zählte die Beweggründe auf, die Ursache sein konnten zu dieser gräßlichen Tat. Jedes Motiv blieb stichhaltig.

„Nach vorhergegangenem Streite hat Hans Olden sie in momentaner Aufwallung getötet!"

Nur das konnte die Möglichkeit sein!

Scharbeck blickte jetzt wieder auf die bei der Leiche vorgefundene goldene Nadel mit jener feingearbeiteten Rose und dem Diamanten.

Wenn diese erzählen könnte!

Wem mochte sie angehören?

Scharbeck hatte vergessen, den Bankdirektor danach zu fragen. Da dieser aber die Nadel nicht vermißte, so hatte sie wohl der Mörder verloren.

Welchen Wert aber mochte diese goldene Rose besitzen?

Hans Olden galt als kolossal reich!

Scharbeck erschrak förmlich, als sich seine Gedanken immer und immer wieder zu diesem Olden verirrten.

Es mußte sein! So groß auch die dadurch übernommene Verantwortung sein mochte, Scharbeck zögerte nicht mehr.

Seine Hand nahm aus einem Fache des Aktenpultes ein rötliches Formular, das der Kommissar mit flüchtiger Schrift ausfüllte, dann wiederholt durchlas.

Durch ein Glockenzeichen rief er dann einen Polizeibeamten herbei, der auch bald darauf erschien. Diesem übergab Scharbeck das ausgefüllte Formular und bemerkte gleichzeitig:

„Der Vollzug dieses Schreibens ist sofort anzuordnen. Es ist das größte Interesse daran, Sie erledigen den Befehl selbst, bevor Sie noch einen andern damit beauftragen. Ich wünsche, daß mir längstens in zwei Stunden von dem erfolgten Vollzuge Mitteilung gemacht wird."

Der Polizeibeamte nickte.

„Zu Befehl!"

Dann entfernte er sich mit dem überreichten Formular.

Auf diesem aber stand mit gedruckten Buchstaben:

„Im Namen Seiner Majestät des Königs:
Haftbefehl gegen"

Unter diesem folgte von der Hand des Kommissars geschrieben:

„Hans Olden, Dachauerstraße 25, 2. Stock."

Kommissar Scharbeck war von der Schuld Oldens überzeugt.

Die goldene Rose

Kaum eine halbe Stunde später, nachdem sich der herbeigerufene Polizeibeamte entfernt hatte, meldete sich bei Kommissar Scharbeck ein Unbekannter an.

Da der Kommissar nicht unterrichtet war, aus welchen Gründen dieser ihn aufsuchte, ließ er den Angemeldeten sofort eintreten.

Es war dies ein junger, etwa zweiundzwanzigjähriger Bursche mit blauen Augen und blondem Schnurrbartanflug, der mit einer etwas unbehilflichen Höflichkeit sich vorstellte.

„Gestatten Sie mir, daß ich mir erlaube, aber ich bin der Bruder!"

Scharbeck musterte ihn prüfend und frug dann etwas verwundert:

„Wessen Bruder?“

„Von Luise Walther! Mit Verlaub, mein Name ist Franz Walther.“

„Sie wünschen?“

Wieder suchte dieser Bruder Luisens mit seiner Unbeholfenheit nach den richtigen Worten.

Trotzdem er in eleganter Kleidung steckte, machte er doch nicht einen ebensolchen Eindruck. Sein tastendes Suchen nach dem entsprechenden Ausdruck verriet Scharbeck, daß dieser wenig Erfahrung besitzen müsse. Diese Beobachtungen stellte der Kommissar bei jedem seiner Besucher an, ohne daß er hierbei auch nur ein Wort oder eine auffallende Bewegung oder dazwischengeworfene Bemerkung nicht gewürdigt hätte.

Franz Walther sagte verlegen:

„Meine Schwester soll ermordet sein! Ich habe es gehört! Ich möchte mir nur erlauben, ob ich mir die Frage gestatten darf, ob – ob –“

Ein unglaublich schüchterner Mensch! Der kann doch kaum bis drei zählen! waren Scharbecks Gedanken.

Er sah prüfend in das nicht unschöne Gesicht des jungen Burschen, der stockend innehielt und nicht mehr wußte, wie er die begonnene Rede vollenden sollte.

Scharbeck half ihm darauf.

„Sie wollen sicherlich von mir eine bestimmte Nachricht darüber haben?“

„Aber gewiß! Wenn Sie es erlauben und mir gestatten!“

Der Kommissar lächelte; aber sofort wieder wurde er ernst und berichtete auch diesem davon, wie er nach dem Deutschen Theater gerufen worden sei, dort habe er dann die weibliche Leiche vorgefunden. Seine Recherchen am Morgen des nächsten Tages hatten dann ergeben, daß die Ermordete Ähnlichkeit besäße mit der Tochter des Bankdirektors Walther. Dies habe sich auch bestätigt.

Der Bruder sah tränenden Auges vor sich nieder. Er konnte in diesem Augenblick nichts sprechen.

Der Kommissar verglich nun den Sohn mit seinem Vater; dieser ein Eisenkopf, der unentwegt nur nach vorwärts sah, stets ein Ziel vor den Augen, herrisch, von übertriebener Strenge; jener ein verschüchterter Mensch, zu allem unbeholfen und täppisch, die Frucht einer falschen Erziehung.

Wieder quälte sich Franz Walther mit einer Frage ab.

„Erlauben Sie mir noch, Herr Kommissar, wenn ich mir Sie zu fragen gestatte, ob schon etwas bekannt geworden ist von dem Täter!“

Scharbeck überlegte.

Sollte er schon offen aussprechen, was er als bestimmt vermutete? Oder war es besser, er schwieg vorerst darüber?

„Nein! Es ist bisher noch nichts bekannt, doch besteht sichere Aussicht, daß baldigst in dieses Verbrechen Aufklärung gebracht wird.“

„Glauben Sie das auch wirklich, Herr Kommissar?“ fragte Franz Walther wieder, fast ängstlich.

„Seien Sie nur beruhigt! Es werden wohl kaum zehn Tage vergehen, dann wird der Schuldige schon von der irdischen Gerechtigkeit erreicht sein!“

Scharbeck sprach mit solcher Zuversicht, um den Bruder nicht zu sehr zu beängstigen.

„So rasch?“

„Aber gewiß!“

Franz Walther drehte verlegen den Hut zwischen den Fingern, als hätte er noch ein Anliegen, das er nicht auszusprechen wage.

Der Kommissar wollte ihm hierbei behilflich sein und fragte ihn entgegenkommend:

„Wollen Sie vielleicht Ihr Fräulein Schwester noch einmal sehen?“

Heftig schüttelte Franz Walther den Kopf und erwiderte dabei:

„Ich kann Tote nicht sehen. Das kann ich nicht ertragen. Verzeihen Sie, Herr Kommissar, aber bei einer Leiche kann ich nicht stehen."

Der Kommissar fand dieses Entsetzen vor Leichen bei diesem verschüchterten Menschen nur zu begreiflich.

„Wünschen Sie sonst noch etwas?"

„Nein! Gewiß nicht!" war die Antwort Franz Walthers. „Ich habe sonst keinen Wunsch!"

Aber immer noch blieb er stehen, als getraue er sich nicht zu entfernen und warte erst, bis der Kommissar es ihm befehle.

„Sie können jetzt schon gehen!" nickte ihm Scharbeck freundlich zu, der im stillen Mitleid gefaßt hatte mit diesem Kinde, das dem Aussehen nach allerdings schon ein Mann war.

Mit höflichem Gruß wandte sich Franz Walther jetzt dem Ausgang zu.

Da erinnerte sich der Kommissar wieder der goldenen Rose mit dem Diamanten im Blumenkelche. Er rief deshalb den sich Entfernenden wieder zurück und fragte:

„Bleiben Sie! Ich möchte Sie noch um Aufschluß in einer Sache bitten. Kennen Sie vielleicht diesen Schmuck?"

Franz Walther war zurückgetreten und stand jetzt wieder an dem Arbeitstisch des Kommissars.

Dieser reichte ihm die Nadel hin. Der Bruder der Ermordeten nahm die Nadel; kaum hatte er sie aber betrachtet, da wurde er blaß und in seinem noch jugendlichen Gesicht war ein furchtbarer Schreck zu lesen.

Was bedeutete diese Rose?

Der Kommissar wußte anfänglich nicht, wie er das Benehmen des Bruders deuten sollte.

Auf welche Spur führte ihn nun Franz Walther? Jedenfalls hatte dieser die Rose sofort erkannt und wußte Näheres darüber zu sagen.

„Sie kennen den Schmuck? Vielleicht auch den Besitzer?“ fragte ihn Scharbeck, da Franz Walther noch immer sprachlos auf die Rose starrte, die er zwischen seinen zitternden Fingern hielt.

Stotternd kam eine Erwiderung von den Lippen des jungen Mannes:

„Es ist des Vaters Nadel!“

Der Kommissar fand diese Angabe völlig unverständlich.

Warum dieses Entsetzen bei dem Wiedererkennen des wertvollen Schmuckes? Was war hinter diesen Worten verborgen? Hatte dies irgendwelche Beziehungen zu der verübten Tat?

Er mußte annehmen, daß die Tochter den Schmuck, der dem Vater gehörte, an ihre Brust geheftet hatte, um noch schöner und begehrenswerter zu erscheinen. Das war die notwendige Folgerung!

Aber das Benehmen des Bruders war doch zu sehr auffallend, um den Kommissar nicht zu der weiteren Frage zu veranlassen:

„Ist mit diesem Schmuck noch eine weitere Geschichte verbunden?“

Franz Walther nickte.

„Dann erzählen Sie! Nehmen Sie doch Platz!“

Der Kommissar wies auf den Stuhl, der vor seinem Schreibtisch stand.

Franz Walther setzte sich und entgegnete auf die Aufforderung Scharbecks:

„Aber es hat nur Interesse für mich und meine Familie! Mit dem begangenen Verbrechen dürfte diese wohl in keinem Zusammenhange stehen!“

„Schließlich ist dies gerade nicht unmöglich! Erzählen Sie ruhig und ungezwungen!“

„Wenn Sie es mir erlauben; Herr Kommissar. Aber ich will Sie damit nicht belästigen!“

„Sie belästigen mich nicht! Erzählen Sie doch!“ sagte unwillig Scharbeck, den diese fortgesetzte Unterwürfigkeit und übertriebene Höflichkeit in Aufregung brachte.

„Gerne! Es ist dies nämlich des Vaters Nadel.“

„Das sagten Sie doch schon! Weiter!“

„Vater hat mich nämlich verstoßen, vor drei Jahren schon. Da durfte ich seitdem sein Haus nicht wieder betreten. Ich habe es auch nicht wieder gesehen!“

Die Stimme Franz Walthers klang hierbei gepreßt, wie durch unterdrücktes Schluchzen zurückgehalten.

„Was soll da diese Rose?“ frug der Kommissar, ärgerlich über diese Umständlichkeit des Erzählers.

„Ja, der Schmuck! Die Nadel trägt daran die Schuld! Diese wurde dem Vater vor drei Jahren entwendet. Es blieb völlig ungeklärt, wie sie abhanden kam. Da fiel des Vaters Verdacht auf mich, und ich wagte es nicht, zu widersprechen; er ist so furchtbar streng! Da hat er mich dann aus dem Hause verstoßen. Und jetzt sehe ich hier die ominöse Nadel wieder!“

Ein längeres Schweigen folgte hierauf.

Scharbeck erwiderte nichts, da die Folgerung auf die Mitteilung nichts zur Aufklärung des verübten Verbrechens beitrug.

Eine tragische Familiengeschichte hatte sich durch diese Mordtat enthüllt; ohne es zu wollen, hatte der Mörder dazu beigetragen, daß sich die Schuldlosigkeit eines Unglücklichen ergab.

Drei Jahre hatte der Bruder unschuldig als Dieb das Elternhaus meiden müssen, während die Tochter die Schuldige war; furchtbar empfand Scharbeck diese Schicksalsfügung, die eine solche Tat der Schuldigen so schwer büßen ließ, um dadurch die Unschuld des Verdächtigen zu beweisen.

Das waren die folgernden Gedanken des Kommissars, der aber keinen davon aussprach, sondern wortlos den Bruder ansah.

Dieser hatte gleichfalls lange Zeit geschwiegen. Dann klagte er:

„Die arme Mutter! Ob sie mir jetzt verzeihen kann! Ob der Vater mich wieder aufnimmt in sein Haus?“

„Gehen Sie hin und sagen Sie nur dem Vater, was geschehen ist. Er wird dann überzeugt sein müssen.“

Traurig schüttelte Franz Walther den Kopf.

„Ich darf ihm nicht unter die Augen kommen, er will mich nie mehr sehen und wird mich nicht wieder erkennen.“

„Ich werde selbst mit dem Herrn Bankdirektor sprechen. Heute noch! Dann können Sie ihn gegen Abend aufsuchen. Er wird Sie dann nicht mehr verleugnen.“

Der Kommissar empfand Mitleid mit dem jungen Burschen, dessen Furcht soweit ging, daß er sich nicht vor das Antlitz seines Vaters wagte, obgleich er den Beweis seiner Schuldlosigkeit erbringen konnte.

Unter vielen herzlichen Dankbezeugungen, die unbeholfen von den Lippen des jungen Mannes gestammelt wurden, entfernte sich Franz Walther.

Kommissar Scharbeck war wieder allein.

Er rekapitulierte das Ergebnis dieses Tages.

Vor seinem geistigen Auge erstand wieder das Bild der Ermordeten. Frieden und majestätische Ruhe lag in den herrlich schönen Gesichtszügen. Ihr mußte jede schlechte Handlung fremd sein. Die Augen waren groß und weit geöffnet.

Und dennoch war sie eine Diebin! War das möglich?

Ungläubig schüttelte der Kommissar den Kopf.

Er hielt die Nadel zwischen den Fingern und betrachtete die prachtvolle Goldschmiedearbeit.

Wie aber sollte diese Rose sonst an der Brust der Toten festgenestelt worden sein?

Nur ein dritter, ein Unbekannter, mußte dann den Diebstahl begangen haben! Dieser aber müßte gleichzeitig der Mörder sein!

War das möglich?

Konnte nicht dieser an dem verhängnisvollen Redoutenabend die Nadel getragen haben?

Die Ermordete hatte diese sofort wiedererkannt und darüber war eine Auseinandersetzung entstanden; diese endete dann mit der furchtbaren Tat!

Hans Olden!

Dieser reiche Mann sollte dann die Nadel gestohlen haben?

War er überhaupt der vermutliche Mörder?

Und diese Tote dann eine Diebin, die zusehen konnte, wie der Schuldlose drei Jahre hindurch die Heimat hatte fliehen müssen?

Das waren Fragen über Fragen, die sich dem Kommissar aufdrängten und für die er keine Lösung finden konnte.

Vielleicht sprach Hans Olden, wenn er vorgeführt wurde?

Was aber ergab sich dann? Eine Lösung oder erneute ungelöste Fragen?

Ein Pochen an der Bureautür schreckte Scharbeck aus diesem sich immer mehr ausbreitenden Kreise aufdrängender Fragen auf.

Auf seinen Anruf trat jener Polizeibeamte ein, dem er den Haftbefehl gegen Hans Olden zum Vollzug übergeben hatte.

Er war allein!

„Was ist vorgefallen?“ frug hastig Scharbeck, den die Ankunft des Polizisten ohne Olden überraschte.

„Hans Olden ist abgereist!“ lautete die prompte Erwiderung.

Der Kommissar war auf diese Nachricht hin vom Stuhle aufgesprungen.

„Was hatten Sie sonst erfahren! Erzählen Sie rasch!"

„Als ich in das Haus Nummer 25 in der Dachauerstraße kam, im zweiten Stock sodann nach Hans Olden fragte, da teilte mir dessen Mietfrau mit, daß Olden vor etwa einer Stunde zurückgekommen sei, seine wenigen Sachen gepackt und seine Schuld bezahlt habe. Etwa eine halbe Stunde vor meiner Ankunft ist er fort, angeblich mit dem Schnellzuge nach Wien."

„Sagte Frau Müller sonst noch etwas?"

„Allerdings!" war des Polizeidieners Entgegnung. „Sie erzählte mir, daß schon eine halbe Stunde vor der Rückkunft Oldens ein Herr nach ihm gefragt und dessen Ballstiefel abgemessen hätte. Dies hat sie Olden mitgeteilt, der darauf sehr bestürzt war. Vielleicht ist das der Grund gewesen, weshalb er so plötzlich abreiste."

„Also doch!" murmelte Kommissar Scharbeck. „Es hat mich mein Verdacht nicht betrogen. Er und kein anderer ist der Mörder."

Scharbeck ließ den Polizeibeamten wieder abtreten; dann fertigte er mehrere Telegrammformulare aus, in denen die Grenzbehörden von dem Haftbefehl gegen Hans Olden und dessen Signalement benachrichtigt wurden.

Der Mörder war auf der Flucht; hinter ihm aber jagte der angeordnete Haftbefehl.

Wer war schneller?

Kommissar Scharbeck begab sich, nachdem er die Telegramme besorgt hatte, zum Zentralbahnhof, um dort mehr zu erfahren.

Des verstoßenen Sohnes Rückkehr ins Elternhaus

Kommissar Scharbeck hatte am Zentralbahnhof in kürzester Frist in Erfahrung gebracht, daß in der fraglichen Zeit, während welcher Hans Olden verschwunden, vermutlich abgereist, war, Schnellzüge nach Wien und nach Frankfurt a. M., Köln, Hamburg abgegangen waren. Mit gewohnter Umsicht ließ er nochmals Depeschen an die nächsten Haltestellen auf diesen Linien abschicken.

Ehe Olden an einem dieser Orte eintraf, mußte dort schon die Nachricht und Verhaftungsanordnung eingelaufen sein. Wenn Olden wirklich die Stadt verlassen hatte, dann war ihm ein Entkommen unmöglich gemacht.

Als alle diese Vorsichtsmaßregeln geschehen waren, verließ Scharbeck das Bahnhofs- und Postgebäude wieder und schritt die Bayerstraße zur Landsbergerstraße hinunter.

Er wollte den Bankdirektor Walther aufsuchen. Die goldene Rose trug er bei sich.

Bald war er vor dem Hause fünf am Paulsplatze.

Auf sein Ansuchen wurde er sofort in das Arbeitszimmer des Direktors geführt.

Als er dort eingetreten war, sah er diesen am Schreibtisch sitzen, in eine Arbeit vertieft, ruhig und sicher, als sei nicht das geringste vorgefallen. Das regungslose Gesicht des Direktors zeigte den gewohnten Ernst. Mit entgegenkommender Freundlichkeit hieß er dem Kommissar Platz nehmen und frug nach dessen Wunsch.

„Sie haben noch einen Sohn?“ war die Gegenfrage Scharbecks, die der Bankdirektor bejahte, ohne eine weitere Antwort zu geben.

Während der Kommissar in das mitleidlose Gesicht des Mannes blickte, das bei seiner Frage durch nichts ein innerliches Zusammengehören mit seinem Sohne verriet, da fühlte der Kommissar das Peinliche und Beängstigende, das auch den Sohn so im Banne hielt, daß er nicht zu reden wagte, diesem eisigen, frostigen Blicke der grauen, durchdringenden Augen gegenüber.

„In seinem Interesse komme ich!“

Hier unterbrach ihn fast zornig die Stimme des Direktors:

„Was veranlaßt Sie denn, für diesen zu sprechen? Welches Recht?“

Scharbeck empörte sich in diesem Augenblick und sagte hierauf in dem Bewußtsein, diesen unerbittlichen Mann niederzudrücken unter dem Vorwurf mehrjähriger ungerechtfertigter Grausamkeit gegen sein Kind:

„Der Beweis seiner Schuldlosigkeit!“

„Er hat nie geleugnet!“ war die Entgegnung des Vaters, der sich wieder seiner Arbeit zukehrte, als sei mit dieser Erklärung diese Sache abgetan.

„Aber auch nicht gestanden!“ entgegnete Kommissar Scharbeck.

„Aus Verstocktheit!“

Schon wollte der Kommissar aufbrausen, aber ebenso rasch hatte er sich besonnen, wo er sich aufhielt und was ihn hierher geführt hatte.

Er nahm ruhig und gelassen die Nadel mit der goldenen Rose aus der Tasche und reichte sie dem Bankdirektor hin.

„Kennen Herr Bankdirektor vielleicht diesen Schmuck?“

Dieser warf einen kurzen Blick darauf hin und sagte dann:

„Ja! Diese Rose hat der gestohlen, den Sie meinen Sohn nennen!“

„Wenn ich aber das Gegenteil beweise!“

„Sprechen Sie!“

Der Bankdirektor zeigte nicht die mindeste Aufregung.

„Diese Rose wurde bei der Leiche Ihrer Tochter vorgefunden!“

Mit scharfer Betonung hatte es der Kommissar gesagt und dies verfehlte auch nicht seine Wirkung auf den Bankdirektor, aber die entgegengesetzte, die der Kommissar zu erzielen beabsichtigte.

Des Vaters Aufregung galt jetzt keineswegs dem Sohne, den er drei Jahre hindurch als Dieb dem Vaterhause ferngehalten hatte, sondern der Tochter, die jetzt als Leiche auf dem Friedhof lag.

„Also sie war die Diebin! Dann war die Strafe, die sie getroffen hat, nur zu gerecht! Wie sie fehlte, so hat sie jetzt gebüßt."

„Und Ihr Sohn?" warf Scharbeck fragend dazwischen.

„Wenn er zurückkehren will zur Mutter, so werde ich es ihm nicht verweigern. Aber mich soll er nicht mit überflüssigen Reden aufhalten!"

Rasch und plötzlich entfernte sich der Kommissar wieder.

Er konnte nicht länger bei diesem Manne bleiben, der so kalt und herzlos war. Er fühlte, wie diesen Unbeugsamen nur ein Schritt vom Verbrecher trennte, so sehr auch die Grenzen zwischen beiden getrennt zu sein schienen.

Als Scharbeck sich entfernt hatte, schrieb der Bankdirektor an seiner Arbeit weiter.

Erst als er alles erledigt hatte, stand er auf und ging nach dem Wohnzimmer, wo sein Weib sich aushielt.

Diese saß am Fenster bei einer Häkelarbeit. Ihre Augen waren rot und geschwollen, und rasch wischte sie die Tränen aus den Augen, als sie ihren Gatten näherkommen hörte, damit dieser nicht erzürnt würde.

„Bist Du schon fertig für heute?" frug das Weib mit schüchterner Stimme.

„Ja!" antwortete gelassen der Direktor, der mit langen Schritten im Zimmer hin und her ging.

Für längere Zeit trat nun eine Pause ein.

Dann stellte sich Walther vor seine Frau und sagte gleichgültig und gelassen:

„Franz wird wohl wiederkommen!"

Einen Augenblick starrte die kleine Fran ihren Gatten an, dann rief sie halb fragend, halb zweifelnd:

„Karl – Du hast ihm verziehen?!"

„Ich habe ihm nichts zu verzeihen, denn er hat den Diebstahl nicht begangen!"

„Also doch!" rief vor Freude die Mutter aus. „Ich wußte ja, daß beide einer solchen Tat nicht fähig sind. Niemals!"

„Bei Luise an dem blaßgelben Kostüm wurde die Nadel gefunden. Sie war die Diebin gewesen."

Die Mutter hielt sich mit beiden Händen krampfhaft an der Stuhllehne fest, als sie diese furchtbare Anklage ihres liebsten Kindes hörte. Sie konnte nicht glauben, was so vernichtend behauptet wurde.

„Nein!" stammelten sodann ihre bebenden Lippen. „Sie nicht! Das kann nicht sein!"

„Und dennoch ist es so! Eben hatte mir Herr Kommissar Scharbeck die Nadel wiedergebracht, die bei der Toten gefunden wurde!"

Traurig schüttelte die Mutter immer wieder ihren ergrauten Kopf.

Mochten alle gegen die einzige Tochter sprechen, die Mutter selbst würde nie daran glauben.

Direktor Walther aber entfernte sich wieder, um abermals sein Arbeitszimmer aufzusuchen.

Inzwischen hatte der Kommissar Scharbeck die von Franz Walther angegebene Wohnung aufgesucht und diesen benachrichtigt, daß er nun wieder zurückkehren könne in das Haus seiner Eltern, da diese nunmehr von seiner Schuldlosigkeit überzeugt seien.

Als Franz Walther diese Nachricht vernommen hatte, wurde sein Gesicht abwechselnd rot und blaß. Er war unfähig, etwas zu antworten.

Scharbeck verließ ihn sogleich wieder, um nochmals in sein Bureau zurückzukehren und nach eventuell eingelaufenen Telegrammen zu sehen, ehe er nach Hause zurückkehrte; er hatte ein großes Bedürfnis, etwas zu sich zu nehmen, denn seit frühem Morgen bis zur späten Abendstunde war er an diesem Tage dienstlich tätig und hatte noch nichts gegessen.

Aber selbst zu Hause, umgeben von seiner blonden, freundlichen Frau und seinen zwei munteren, gesprächigen Kindern, ließen ihn die Ergebnisse dieses Tages nicht ruhen.

*

Schon war die Dämmerung angebrochen, als Franz Walther zögernd an der Türschelle läutete, die in die Wohnung des Bankdirektors Walther führte.

Das Dienstmädchen erkannte den verstoßenen Sohn und ließ ihn eintreten, ohne eine Meldung von seiner Ankunft zu machen.

Und verschüchtert, den Kopf auf die Brust gesenkt, trat Franz in das ihm bekannte Wohnzimmer.

Stumm und wortlos war der Empfang in seinem Elternhause. Kein freudiges Wort, kein Fragen und Antworten.

Die Mutter nur hielt seine Hand und drückte sie fest.

Aber der Sohn erwiderte nicht diesen Händedruck, er sah ihr auch nicht in die Augen.

Der Bankdirektor begrüßte ihn nur mit einem leichten Kopfnicken.

Am Abendtische saßen alle drei gemeinsam. Schweigend wurde das Mahl eingenommen; es lag über allen eine bange Stille, als wenn es das Totenmahl der Ermordeten wäre.

Nur die Mutter seufzte tief auf, wie von quälenden Schmerzen geplagt. Oft auch öffneten sich deren schmale Lippen wie zu einer Frage, aber stets blieben die Worte ungesprochen.

Als Franz sich wieder entfernte, um in seine seitherige Wohnung zurückzukehren, da sagte der Bankdirektor lediglich zu seinem Sohn:

„Wenn Du willst, kannst Du wieder dauernd bei uns Wohnung nehmen!“

Stumm bejahte der Sohn.

In den Augen der Mutter aber leuchtete ein Blick der Freude auf.

Hatte sie doch den Sohn wiedergewonnen, wenn sie auch die Tochter für immer an diesem Tagverloren hatte!

Verhaftet

Der nächste Vormittag verlief vollkommen resultatlos.

Es traf weder eine Depesche, noch sonst eine Nachricht ein, die für Kommissar Scharbeck hätte von Interesse sein können.

Diese Erfolglosigkeit erweckte in Scharbeck die Vermutung, daß Hans Olden München überhaupt nicht verlassen habe, sondern in einem Hotel unter angenommenem Namen sich aufhalte.

Da er ja unermeßlich reich sein sollte, so brauchte er keinerlei Kosten zu scheuen.

Scharbeck ließ nun auch an sämtliche Hotels eine Verständigung mit ausführlicher genauer Personalbeschreibung ergehen.

Der Kommissar galt stets als einer der pflichteifrigsten Detektivs in der Stadt, der sich hinter jedem Verbrechen mit zäher Ausdauer hermachte und nicht ruhte und rastete, bis er eine Spur des Verbrechers aufgefunden hatte.

Diese verfolgte er dann mit dem geradezu raffinierten Instinkte eines Bluthundes.

Seine Tätigkeit galt auch bei allen notorisch bekannten Verbrechern als ungemein gefürchtet, und es war auch noch keinem geglückt, ihm zu entgehen.

Sobald er eine Fährte witterte, so verfolgte er diese so lange, bis er deren Ausgangspunkt erreicht hatte, und es ihm dann möglich war, über die Richtigkeit seiner Vermutungen zu urteilen.

Eine besondere Erfahrung aber besaß er in dem Verhöre der einzelnen Beschuldigten und Zeugen.

Hierbei unterstützte ihn sein hervorragend entwickeltes Kombinationsvermögen, mit dem er stets Schlüsse zog und diese stets richtig in Anwendung brachte.

In der Mordsache der Luise Walther hatte sich Verdacht auf Verdacht so gegen die Person Hans Oldens gehäuft, daß Scharbeck kaum noch einen Zweifel an der Schuld Oldens hegte.

Dessen auffallendes Verhalten, das Leugnen, seiner Anwesenheit auf der Deutschen Theaterredoute, das genaue Übereinstimmen der Fußmaße, seine plötzliche Flucht: alle diese Umstände führten mit kaum anfechtbarer Sicherheit zur Schuld Oldens.

Auch die Motive, die jeder Tat zugrunde liegen, waren gegeben.

Eine Auseinandersetzung, sei es nun aus Eifersucht oder einem sonstigen Grunde, war die Veranlassung zu diesem in größter Erregung begangenen Verbrechen.

Der Haftbefehl war erlassen und in Wirkung getreten. Diese aber dürfte als unfehlbar gelten, da ein Entkommen in das Ausland dadurch unmöglich wurde, die Zeit hierfür auch zu kurz bemessen war, anderseits aber war ein dauerndes Verborgenbleiben innerhalb der Reichsgrenze ebenso unmöglich.

Scharbeck entschloß sich, Doktor Hallern aufzusuchen, da es nicht ausgeschlossen erschien, von diesem einen klärenden Aufschluß zu erhalten.

Der Kommissar pflegte einen momentanen Entschluß nicht lange zu erwägen, da er der Meinung war, ein solcher sei schneller ausgeführt als erwogen, und daher sicherer als alle Erwägungen.

Doktor Hallern war zu Hause, als sich der Kommissar bei diesem anmeldete.

Der Doktor veranlaßte Scharbeck, auf dem prunkvollen Diwan seines Junggesellenheims, das mit luxuriöser Eleganz ausgestattet war, Platz zu nehmen, und verbat sich auf humorvolle Art jede weitere Frage und jedes Ersuchen, bis er ihm nicht mit einem Glase seines Lieblingsgetränks, mit heißem Weingrog aufgewartet hatte.

Obwohl entgegen seiner Gewohnheit nahm Kommissar Scharbeck diese Einladung an.

Erst als im Glase der rote Wein dampfte, frug ihn Doktor Hallern:

„Jetzt können Sie sprechen, Herr Kommissar! Ich glaube, so spricht sichs um vieles leichter und angenehmer, mit mehr Lust und Freude."

Scharbeck konnte nicht in der gleichen sorglosen Weise antworten, da der Grund seiner Anwesenheit eben kein freudiger war.

„Hans Olden ist Ihr Freund?"

„Mein bester sogar!" erwiderte der Doktor.

„Er ist gestern abgereist."

„Was!"

Aus diesem Ausruf des Doktor Hallern sprach ungeheucheltes Erstaunen. Er hatte darüber also noch nicht die mindeste Kenntnis.

Der Kommissar fuhr daher fort:

„Ich habe es erfahren!"

„Und mir hat dieser Mensch nicht die geringste Mitteilung gemacht! Da muß doch etwas Außergewöhnliches vorgefallen sein!"

Scharbeck überlegte nur einen Augenblick, ob es von Vorteil oder Nachteil sein könne, diesem Freunde des so schwer Verdächtigen noch mehr und Ausführliches mitzuteilen. Dann aber sagte er:

„Vielleicht kann ich auch die Gründe hierfür angeben, wenn ich hierbei auf Ihre Unterstützung rechnen darf."

„Selbstverständlich!" versicherte Doktor Hallern.

„Wenn es von Nutzen sein kann, sei es nun für Sie, meinen Hans oder mich, es wird gern geschehen."

Aus diesen Worten des Doktors sprach soviel Ehrlichkeit, daß Scharbeck keinen Moment mehr daran zweifelte, daß dieser von der Tat Oldens nicht die geringste Kenntnis hatte.

Deshalb frug Kommissar Scharbeck weiter:

„Hat Ihnen vielleicht Herr Olden davon erzählt, daß er mit einem Mädchen ein Verhältnis habe?"

„Nein!" antwortete kopfschüttelnd Doktor Hallern. Dann aber schien es, als besinne er sich eines anderen und er fuhr fort: „Oder vielleicht ist es besser, ich erzähle, was ich weiß, da es vielleicht von Wichtigkeit ist. Hans hat mich zwar gebeten, jedem gegenüber davon zu schweigen, aber ..."

Hier ergänzte mit seinem Lächeln der Kommissar:

„Dann werde ich reden und Sie selbst haben nichts davon verraten."

Etwas ungläubig antwortete daraufhin der Doktor:

„Wenn Sie wissen!"

„Herr Olden ist heimlich verlobt! Oder er war es und ist es jetzt nicht mehr."

„Das letztere entzieht sich meiner Kenntnis."

„Gut! Es fehlte lediglich an der Einwilligung des Vaters, der als unerbittlich streng galt."

„Allerdings!" stimmte überrascht der Doktor bei. „Das aber ist alles, was er mir berichtet hat. Wenn Sie vielleicht noch Näheres darüber wissen?

Aber eben besinne ich mich daran! Ist etwas vorgefallen, was ernster Natur ist. Ihre Fragen werden doch nicht unbegründet sein!“

„Davon später!“ entgegnete Scharbeck. „Vorher noch einige Fragen: Ist es möglich, daß Ihr Freund gleichfalls auf der Theaterredoute war, ohne daß Sie ihn gesehen haben?“

Doktor Hallern überlegte.

„Möglich ja! In diesem Trubel achtet man ja kaum auf die nächste Umgebung!“

„Und wenn Hans Olden der Partner der ermordeten Luise Walther gewesen wäre?!“

„Unmöglich!“ rief entsetzt Doktor Hallern, der sofort den furchtbaren Verdacht erfaßte, der aus diesen Worten sprach.

„Und dennoch muß ich Sie fragen: Hätten Sie ihn dann erkannt?“

Lange schwankte Doktor Hallern mit einer entscheidenden Antwort. Dann aber erwiderte er mit ruhiger Bestimmtheit:

„Ich kann diese Frage weder mit ja noch mit nein beantworten. Es ist dies unmöglich! Ich sah wohl das Weib, aber nicht den Tänzer.“

„Dann kann er es also gewesen sein, ohne daß Sie ihn gesehen und erkannt haben!“ folgerte der Kommissar mit schonungsloser Logik.

Doktor Hallern nickte wortlos.

Kommissar Scharbeck aber fuhr fort:

„Er war es auch! Die Tatsachen sprechen so sehr gegen ihn!“

Nun schilderte Scharbeck dem erstaunt zuhörenden Doktor Hallern den Beginn seines Verdachtes, alle weiteren Schritte zur Klärung, bis zur Kenntnis der erfolgten Flucht.

Eine Totenstille herrschte, als Kommissar Scharbeck geendet hatte.

Nur die kleine, zierliche Stutzuhr auf dem Kamin tickte in gleichmäßig monotonen Schlägen und das Wasser im Samowar sprudelte leise plätschernd.

Es war das bange Schweigen, das die Furcht vor etwas Entsetzlichem nicht zu unterbrechen vermag.

In Doktor Hallern wirkten diese Mitteilungen mit erbarmungsloser Grausamkeit.

Kette hatte sich an Kette gefügt, und die Schuld lag auf seinem Freunde, und dennoch sträubte sich sein Innerstes, die Freundschaft, gegen diesen grauenhaften Verdacht.

„Das ist ja nicht möglich!“ rief er dann plötzlich aus, wie unter einem körperlichen Schmerze.

Kommissar Scharbeck schwieg.

Der Freund aber frug:

„Sie werden ihn verhaften lassen?“

„Ich tue damit nur meine Pflicht.“

„Meine Freundespflicht aber gebietet mir, ihn vor diesem Schlimmsten zu bewahren, denn ich darf nicht an seine Schuld glauben, solange nicht sein Mund die Tat zugestanden hat.“

„Ich achte Sie und begreife Ihre Handlungsweise vollständig!“ stimmte Scharbeck bei, ergänzte jedoch: „Aber es ist vielleicht von größerem Vorteile, wenn Hans Olden der irdischen Gerechtigkeit Rechenschaft ablegt, da dann erst beurteilt werden kann, ob er schuldig ist oder nicht. Deshalb ist es wohl besser, er stellt sich freiwillig.“

„Ich verstehe das vollständig! Aber wer weiß, wo er sich befindet!“

„Vielleicht wird er Sie noch verständigen.“

„Möglich!“

Wiederum trat eine peinliche Pause ein, nur von qualvollen Gedanken durchlebt.

„Er kann nicht schuldig sein und wenn alles wider ihn spricht!“

„Warten wir die Zukunft ab.“

„Und die goldene Rose?“ fragte plötzlich unvermittelt Doktor Hallern. „Hans Olden trug nie eine solche.“

„Diese ist Eigentum des Bankdirektors Walther und wurde von der Ermordeten getragen.“

Kommissar Scharbeck verschwieg eine ausführlichere Mitteilung, da diese Familiengeschichte in keinerlei Zusammenhang mit dem geschehenen Verbrechen zu stehen schien.

Auch Doktor Hallern fragte nicht mehr weiter danach, sondern erbat sich von dem Kommissar lediglich noch die Zusicherung, daß er sofort verständigt werde, für den Fall die Verhaftung seines Freundes erfolgt sei.

Außer dieser Zusage gab ihm Scharbeck noch das Versprechen, daß er sich mit seinem Freunde dann ohne Zeugen sprechen dürfe.

Der Kommissar hegte für den Doktor zu großes Vertrauen, als daß er von dessen Seite irgendwelche Hinterlist befürchtet hätte.

Daraufhin verabschiedete sich Scharbeck. Sein Weg führte wieder in sein Amtsbureau.

Diese stattgefundene Unterredung, die für den so dringend verdächtigen Hans Olden nur Günstiges und Zuverlässiges ergeben hatte, konnte deshalb keineswegs den so schweren Verdacht beseitigen.

Die Schuld Oldens stand für Scharbeck unwiderlegbar fest, trotzdem er gern das Gegenteil geglaubt hätte.

Aber die Gründe waren zu belastende! Mochte das Motiv zur Tat auch ein strafbefreiendes sein, mochte Olden diesen grauenhaften Mord in einem Zustande von Unzurechnungsfähigkeit begangen haben! Das wollte Scharbeck gerne zugestehen! Aber die Tat selbst war durch ihn verübt.

Langsam stieg Scharbeck die breite Steintreppe zum ersten Stockwerk des Polizeigebäudes empor, in welchem sein Amtslokal lag. Ein Depeschenbote wartete vor dessen Tür.

Olden verhaftet!

Das war der erste Gedanke des Kommissars, als er den Boten sah.

Dieser überreichte ihm auch ein Telegramm, das Scharbeck noch öffnete, ehe er die Bureautür aufsperrte.

Sein Verdacht hatte sich bestätigt. Rascher war die Gefangennahme Oldens erfolgt, als er erwartet hatte.

Bald mußte sich nun alles klären!

Der Wortlaut der Depesche besagte folgendes:

> Königl. Polizeiamt Ulm
> an das Polizeibureau Nummer 48 in München.
>
> Der von jenseits hierher avisierte Haftbefehl gegen Hans Olden konnte vollzogen werden. Durch zwei wachhabende Gendarmen wurde auf dem Bahnhofsperron die ausführlich beschriebene Mannsperson angehalten, die auf Vorhalt den Namen Hans Olden angab. Die Verschubung des Verhafteten wurde dem jenseitigen Verlangen entsprechend sofort angeordnet und wird Rubrikat in nächsten Tagen eintreffen.

Nun mußte bald das Verhör all das noch ergeben, was bisher nur Vermutung gewesen war!

Sofort verständigte mit wenigen Zeilen Kommissar Scharbeck seinem Versprechen gemäß Doktor Hallern von dieser Nachricht.

Wie sehr aber erstaunte er, als nach kaum zwei Stunden Doktor Hallern selbst in sein Bureau trat, mit einem vollständig zerrütteten Gesicht, das die Zeichen einer großen seelischen Aufregung unauslöschlich trug.

Überrascht war der Kommissar aufgesprungen und hatte nach der Ursache des so plötzlich erfolgten Besuches gefragt.

Ohne selbst zu antworten, reichte ihm Doktor Hallern einen Kartenbrief hin, mit einer Handgeste, die zum Lesen aufforderte.

Scharbecks erster Blick fiel auf die Unterschrift.

Hans Olden!

Also von dem Gesuchten!

Ein Geständnis?

Der Kommissar überflog hastig die Zeilen.

> Mein bester Fritz!
>
> Ich mußte fort aus München; ich konnte nicht mehr länger zwischen diesen Menschen weilen, die mich durch fragende, vorwurfsvolle Blicke immerfort verfolgen. Ich kann es nicht länger ertragen! Ja, ich bin schuldig und trage die Verantwortung einer entsetzlichen Tat. Begehre nicht zu wissen! Ich allein werde es büßen müssen, mögest Du mir verzeihen!
>
> Vielleicht bin ich bald erlöst!
>
> Aber zu ertragen, was ein Schicksal mir grausam zufügte, ist mein Los.
>
> Gedenke meiner!
>
> Dein unglücklicher Hans Olden.

Kommissar Scharbeck sah auf den Poststempel.

„Bahnzug München – Ulm."

Das stimmte!

„Haben Sie mein Telegramm?" frug ihn zunächst Scharbeck.

Doktor Hallern verneinte und bemerkte:

„Vielleicht hat er sich schon selbst das Leben genommen!"

„Das wohl kaum!“ erwiderte daraufhin der Kommissar. „Mir wurde eben depeschiert, daß er in Ulm verhaftet wurde und hierher geliefert werden wird.“

„Um so entsetzlicher für ihn!“ sagte hierauf mit dumpfer Stimme der Doktor.

„Nach diesem Geständnisse hier allerdings!“ ergänzte Kommissar Scharbeck und wies auf den Kartenbrief, den er noch in den Händen hielt.

„Und dennoch kann ich niemals an seine Schuld glauben und sollte er mir selbst gegenüber das Verbrechen eingestehen! Hier muß ein Irrtum vorliegen, und ich werde auch nicht eher ruhen, bis ich meinen Freund gerettet habe.“

Bedauerlich zuckte Kommissar Scharbeck die Schultern und bemerkte:

„Für das Gericht reicht dieses Zugeständnis zur Verurteilung!“

„Er aber ist unschuldig!“ rief Doktor Hallern mit der Zuversicht eines dem Tode durch Ertrinken Nahen – der seine letzte Zuflucht auf einen auf den Wellen treibenden Balken gerichtet hat und diesen umklammert hält mit aller Lebenssehnsucht.

Das erste Verhör

In der Angelegenheit Hans Olden unternahm Kommissar Scharbeck keinerlei Recherchen mehr, bis nicht die Ankunft des Gefangenen angemeldet wurde.

Am dritten Tage nach dem Einlauf der Depesche kam aus dem Untersuchungsgefängnisse am Anger die Benachrichtigung, daß der zur Verhaftung ausgeschriebene und von Ulm nach München transportierte Hans Olden eingeliefert worden sei.

Sofort nach Erhalt dieser Nachricht begab sich der Kommissar nach dem Gefängnis.

Auf dem Wege dorthin gab er rasch noch eine Verständigung an den Freund des Verhafteten, an Doktor Hallern, auf.

Im Verhörzimmer des Gefängnisses, das mit seinen eisenvergitterten Fenstern gegen die Straße zu gerichtet war, beauftragte Scharbeck einen der Wärter, Hans Olden vorzuführen.

Inzwischen setzte sich Scharbeck an einen Tisch auf den Stuhl, der, wie die übrigen Möbelstücke in diesem Raum, an den Boden festgeschraubt war, und durchblätterte die in dieser Sache sich angesammelten Aktenstücke.

Der Wärter kehrte wieder zurück und führte den Verhafteten mit sich.

Scharbeck hätte ihn fast nicht wiedererkannt!

Ungepflegt hing der blonde Schnurrbart herunter. Das schöne, üppige Haar war zerzaust. Die Augen blickten unstet umher.

Die schöne, ebenmäßige Gestalt war in eines der plumpen, schweren Sträflingsgewänder gesteckt, die sackartig seinen Körper umschlotterten.

Hans Olden hatte den Kommissar sofort wiedererkannt, denn eine jähe Röte schoß in seinem blassen Gesicht auf.

„Sie haben mich wiedererkannt? Das wird mein Verhör erleichtern! Sie wissen doch noch, Herr Olden, daß Sie seinerzeit auf meine direkte Frage es in Abrede stellten, auf der Redoute des Deutschen Theaters gewesen zu sein. Behaupten Sie dieses jetzt auch noch?“

„Nein!“ antwortete kurz Hans Olden, ohne den Kommissar anzusehen.

„Warum hatten Sie dieses damals getan?“

Es schien, als besänne sich Olden erst auf eine zutreffende Antwort. Dann aber erwiderte er vollkommen ruhig:

„Das weiß ich selbst nicht! Vielleicht Unüberlegtheit! Vielleicht auch etwas überrascht und verblüfft durch Ihre so unvermutete, bestimmte Frage! Oder auch unwillkürlich! Ich kann es nicht mehr sagen!“

„Hatten Sie dabei nicht die Absicht, etwas zu verschweigen?“

Langsam schüttelte Hans Olden den Kopf und erwiderte in der gleichen ruhigen Weise, die eben durch diese Ruhe eine so überzeugende Wirkung auszuüben vermochte:

„Damals glaubte ich keinen Grund zu haben, das zu verschweigen!"

„Sie haben es aber dennoch getan!"

„Ich sagte ja schon: Ich weiß nicht, aus welchem Grunde."

Auf diese Weise konnte Kommissar Scharbeck zu keinem Resultat gelangen; er beabsichtigte deshalb, Olden zu überraschen und so zu fangen.

„Sie waren heimlich verlobt mit Luise Walther! Stimmt das?"

Hans Olden nickte bejahend.

„Und dieselbe Luise Walther wurde ermordet?"

Wiederum antwortete Olden durch ein stummes Kopfnicken.

Durchdringend ruhte jetzt das Auge Scharbecks auf dem blassen Gesicht Oldens, als er langsam, jedes Wort betonend, sagte:

„Sie waren der Partner der Ermordeten, Sie hatten auch eine heftige Auseinandersetzung mit ihr und haben sie getötet."

Die ehernen Gesichtszüge Oldens verzerrten sich plötzlich krampfhaft, er biß die Zähne auf die Lippen. Dann entrang sich seinem Munde qualvoll die Antwort:

„Nicht ich habe sie getötet, aber durch meine Schuld wurde sie getötet."

Der Kommissar wiegte seinen Kopf zweifelnd hin und her.

So klar und offen diese Selbstanklage auch ausgesprochen wurde, so sehr regte sich in Scharbeck auch der Zweifel.

„Ich weiß nicht, wie ich das deuten soll! Sie behaupten also, sie hätten der Leiche die Verletzung nicht beigebracht."

„Nein! Das hätte ich nie vermocht! Dazu hatte ich Luise Walther zu sehr geliebt."

„Ist es richtig, daß Sie im Palmengarten eine erregte Auseinandersetzung führten?“

„Allerdings!“

„Der Grund?“

Lange schwieg hier Hans Olden.

Seine Blicke irrten in dem kahlen Raum des Verhörzimmers umher, als suchten sie einen Halt, einen Ruhepunkt.

Er faßte vollständig die Schwere der Tat, die ihm zur Last gelegt wurde, und dennoch hätte er gerne geschwiegen.

„Weshalb wollen Sie darüber schweigen? Es hat das für Sie doch keinen Nachteil, sondern nur Vorteil, falls Ihnen daran gelegen ist, Ihre Unschuld zu beweisen,“ forderte nun eindringlich Kommissar Scharbeck.

„Die Eifersucht!“

Grollend kam die Antwort, als zürne er über sich selbst.

Hierbei stützte er beide Hände fest auf die Tischplatte und stand so leicht nach vorn gebeugt.

„Kann diese Ihnen nicht die Besinnung soweit geraubt haben, daß Sie ungewollt in momentaner Aufwallung Ihrer Eifersucht diese Tat begangen haben?“

„Nein!“

„Wer aber konnte es dann gewesen sein?“

„Ich weiß es nicht!“

Kommissar Scharbeck überlegte.

Dann frug er in Rückerinnerung an das eigene Geständnis des Verhafteten:

„Was hat dann Ihr eigenes Bekenntnis Ihrer Schuld zu bedeuten? Worin liegt diese Schuld?“

„Und wenn ich nicht antworte?“

Herausfordernd blickte Olden den Kommissar an, der schonungslos jedes Geheimnis aus ihm herauszulocken suchte.

„Dann muß ich dies als ein Geständnis Ihrer Schuld betrachten!“

„Fragen Sie!“

„Worin besteht Ihre Schuld?“

„Ich habe Luise in größter Aufregung verlassen!“

„Und?“

Scharbeck konnte nicht begreifen, inwiefern hierin Olden eine Schuld sich zuschrieb.

„So nur konnte das Verbrechen geschehen!“

„Erzählen Sie den ganzen Hergang! Ich kann hieraus nicht klar werden.“

„Ich glaubte Grund zur Eifersucht zu haben und stellte Luise hierüber zur Rede. Sie verweigerte mir jede Auskunft. Dies steigerte meine Leidenschaft noch mehr und ich wollte eben mit roher Gewalt sie anfassen, da glaubte ich Schritte zu hören und rannte davon.

Ich weiß nicht mehr wohin, Ich habe auch nichts mehr gesehen. Auf der Straße erst, als um mich die eisige Februarluft strich, erinnerte ich mich wieder an jede Einzelheit.“

„Hm!“

Der Kommissar sann lange nach über die Darstellung des Verhafteten.

Aber er konnte daran keinen Glauben finden. Das war alles zu unwahrscheinlich!

„Haben Sie irgend jemand gesehen, der nach Ihnen in den Palmengarten gegangen wäre?“

„Nein! Ich habe gar nichts gesehen!“

„Die Ermordete wurde unmittelbar an der Stelle vorgefunden, an der Ihre Auseinandersetzung erfolgt war. Ihre Fußspuren wurden vorgefunden. Es kann der Mord also nur in Ihrer Anwesenheit, oder unmittelbar nach Ihrer Entfernung erfolgt sein.

Es käme also lediglich die Person in betracht, von welcher Sie Schritte zu hören glaubten. Das werden Sie doch zugeben?"

„Ich muß!"

Mit ruhiger Ergebenheit hatte sich Hans Olden in dieser Lage gefaßt.

„Die ersten aber, die die Leiche vorgefunden haben, stellten mit aller Bestimmtheit fest, daß der Mord nur wenige Minuten vorher hatte geschehen sein können.

Aber niemand von diesen sah eine Person, auch Sie nicht. Es ist doch kaum glaublich, daß zwei Personen so unbemerkt hätten fliehen können. Das ist doch höchst unwahrscheinlich!"

In den Augen Oldens blitzte ein leidenschaftliches Feuer auf.

„Sie glauben an meine Schuld! Gut! Ich werde dann wohl nie vermögen, Sie vom Gegenteil zu überzeugen."

„Ich wünschte Sie vermöchten es!"

„Niemals! Denn es gibt Schicksale, die sich oftmals kreuzen, in einem Augenblick, ohne daß einer der hiervon Betroffenen etwas weiß.

Von dieser Tat führen dann zwei Wege auseinander, die ihren gemeinsamen Endpunkt in dieser Tat finden. Nur ist der Schicksalsweg des einen schuldlos, der des anderen blutbesudelt.

Wer aber vermag zu unterscheiden, welches der Weg des Verbrechers ist?

So auch hat sich mein Schicksalsweg mit dem eines dritten gekreuzt. Auf mich fällt scheinbar die Schuld, weil eben mein Pfad in diesem Verbrechen seinen Endpunkt gefunden hat.

Wie vermöchte ich es daher, Sie zu überzeugen, solange nicht die Kreuzung in ihrem zweiten Ausgangspunkt verfolgt wird?"

Nachsinnend hatte Kommissar Scharbeck den leidenschaftlichen Worten des Verhafteten zugehört.

Es lag viel Wahrheit darin? Auch viel Möglichkeit?

Mußte eben deshalb dies der Mörder sein, weil alle Verdachtsgründe auf ihn hindeuteten?

Konnte nicht eine dritte Person die Tat begangen haben, auf welche keine Spur führte?

„Was aber können Sie angeben, das auch nur eine geringe Möglichkeit für die Schuld eines jetzt noch Unbekannten ergibt?"

„Nichts! Ich hörte Tritte! Dann rannte ich davon und ließ Luise allein zurück. Das aber ist meine einzige Schuld."

„Tritte! Von einer Person?"

„Ja!"

Kommissar Scharbeck erinnerte sich genau, daß es ein Paar gewesen war, das zuerst in den Palmengarten getreten war und die Leiche bemerkte hatte.

Sollte doch etwas Wahres darin liegen? Wohin führte dann diese zweite Spur?

War es überhaupt möglich, daß sich der Schicksalsweg zweier Personen so unmittelbar kreuzt, ohne daß der eine von der so sehr beeinflussenden Nähe des zweiten eine Kenntnis besitzt?

Eine Lösung glaubte Kommissar Scharbeck durch die Vernehmung Hans Oldens zu erreichen.

Statt dessen fand er neue, ungelöste Rätsel, Vermutungen und Möglichkeiten, die statt zu lösen, noch mehr verwirrten.

Und dennoch! Die Flucht!

Sprach diese nicht auch für die Tat Oldens?

„Warum haben Sie dann München so rasch und so unerwartet verlassen?"

Hans Olden strich mit seiner schmalen Hand über seine hohe Stirne, als könne er so Gedanken aus dem Gedächtnisse streichen, die ihn quälten und marterten. Dann atmete er tief, wie von einer Last befreit.

„Ich mußte! Ich konnte nicht mehr bleiben, wo ich immer das Schreckgespenst meiner Schuld aus allen Winkeln lauernd kriechen sah, das seine Fangarme nach mir reckte, – das war ja grauenvoll!"

Scharbeck mußte auch die Möglichkeit dieses Motivs zur plötzlichen Abreise anerkennen. Wenigstens konnte er nicht das Gegenteil beweisen.

„Aber Sie entfernten sich erst, als Sie von Frau Müller erfahren hatten, daß nach Ihnen gefragt worden war!

Glauben Sie, daß dadurch jenes Schreckgespenst beruhigt wurde?"

Hans Olden lächelte. Aber dieses Lächeln war so schmerzhaft, so gequält.

Der Kommissar Scharbeck sah ein, daß jede weitere Vernehmung zwecklos sein würde.

Hier konnte er nichts erreichen!

Er ordnete deshalb die Abführung des Beschuldigten wieder an.

Ehe der Gefangenwärter eintrat, bat Hans Olden den Kommissar, den Eltern der Ermordeten über sein Verhältnis zu ihr Mitteilung zu machen, und diese in seinem Namen um Verzeihung zu bitten.

Kommissar Scharbeck versprach dies zu tun und verständigte Olden gleichzeitig, daß er demnächst den Besuch seines Freundes zu erwarten habe; er nannte hierbei den Namen des Doktor Hallern.

Nach diesem war der Gefangenaufseher eingetreten und führte Hans Olden in seine Zelle zurück.

In Gedanken kehrte der Kommissar wieder in das Polizeigebäude zurück.

Ihn beschäftigte hierbei immer wieder die Erklärung des jungen Mannes, die keineswegs gesucht oder ausgeheckt klang, sondern aus der soviel Wahrheit sprach.

Hatte er doch selbst oft schon die Wahrheit dessen erlebt, was hier Olden mit Kreuzung zweier Schicksalswege bezeichnete!

Dann diese geklärte Ruhe, dieses Fügen in das Los, das für einen gebildeten Menschen, wie es Hans Olden war, ein doppelt schweres sein mußte.

Entweder lag Wahrheit in allen seinen Behauptungen; wenn nicht, dann war er einer der raffiniertesten und gewiegtesten Verbrecher, wie Scharbeck während seines mehr als zwanzigjährigen Dienstes noch keinen gefunden hatte.

War aber das Möglichkeit!

Könnte nicht ebensogut Franz Walther, dieser verschüchterte, kindlich-täppische Mensch, der Mörder sein, wie Hans Olden?

Kommissar Scharbeck wußte nicht, ob er sich über das Ergebnis dieses Tages freuen oder ärgern sollte!

Beides war gleich begründet.

Ob Doktor Hallern hieraus wohl klug werden würde?

Vielleicht fand dieser eine Lösung?

Als Kriminalist mußte Scharbeck die Tat vollständig Hans Olden zuschreiben; als Mensch aber konnte er nur an seine Unschuld glauben.

Aber ...

Ein neues Moment

Kommissar Scharbeck war nahezu verzweifelt. Er hatte alle Vorfälle seit der Auffindung der Leiche im Gedächtnis förmlich nochmals durchlebt, aber nichts gab ihm auch nur den geringsten Anhaltspunkt, der auf die Schuld eines dritten hingewiesen hätte.

Keine Mühe, keine noch so große Anstrengung hätte Scharbeck verdrossen.

Er hätte alles gern unternommen, was ihn die Möglichkeit geboten hätte, einen Lichtblick in dieses schier unentwirrbar scheinende Dunkel tun zu können.

Aber von wo sollte er ausgehen, um die Schuld eines zweiten zu finden?

Es war ja sonst nichts vorgefunden worden! Nichts geraubt! Keine Blutspur, keine Waffe!

Auch bei einer Durchsuchung in dem Zimmer, das Hans Olden bewohnt hatte, noch in dessen Effekten war etwas entdeckt worden, das auf seine Täterschaft hätte schließen lassen.

So war der Tag verstrichen, nichts hatte sich ergeben.

Am nächsten Morgen entschloß sich Scharbeck, Bankdirektor Walter aufzusuchen, um diesem Nachricht von dem jetzigen Stande der Untersuchung zu geben.

Er traf den Bankdirektor selbst und auch den Bruder der Ermordeten an.

Diesmal wurde er im Salon empfangen.

Ohne unterbrochen zu werden, erzählte Scharbeck ausführlich die bisherigen Ergebnisse, sowie die eigentliche Erfolglosigkeit.

Wie seither so auch diesmal stieß Scharbeck bei dem Bankdirektor auf herzlose Teilnahmslosigkeit.

Dieser schien bereits vollständig vergessen zu haben, daß er eine Tochter besessen, die auf so grauenhafte Art ihr junges Leben verlieren mußte.

Um so leidenschaftlicher war des Bruders Interesse.

Mit erregter Gespanntheit folgte er der ausführlichen Sachdarstellung des Kommissars, der keinen Punkt, und wäre er noch so unwesentlich gewesen, verschwiegen hatte.

Als Kommissar Scharbeck von der leicht möglichen Schuldlosigkeit und der Mordtat durch einen noch zweiten Unbekannten sprach, da flackerte in den sonst so sanft blickenden Augen Franz Walthers eine momentane wilde Leidenschaft auf, die wohl nur dem Mörder seiner Schwester galt.

So oft aber ein Blick aus den stechenden Augen des Vaters den Sohn streifte, da zuckte dieser zusammen, erschrocken und geängstigt!

Als Kommissar Scharbeck zu Ende gesprochen hatte, frug er gegen Bankdirektor Walther gewendet:

„Was glauben Sie, daß geschehen soll. Hans Olden läßt Sie um Verzeihung bitten seiner Schuld wegen. Diese Schuld aber liegt nach seinem Geständnis nur in seiner leidenschaftlichen Aufwallung, in der er Ihre Tochter verlassen hat. Dadurch hat er die Mordtat unbewußt begünstigt."

„Mir steht es nicht zu, Recht zu sprechen. Ich weiß nur, daß Blut wieder Blut fordert."

Mit zusammengezwinkerten Augen beobachtete Franz Walther den Vater, als er diese Worte mit seiner eisigen Leidenschaftslosigkeit ausgesprochen hatte.

Scharbeck, der dieses genau beobachtet hatte, fand hierin eine häßliche Unterwürfigkeit. Aber nicht am Sohne lag die Schuld, sondern am Vater!

Erleichtert atmete Scharbeck auf, als er wieder auf der Straße stand.

Sein nächster Weg führte zu Doktor Hallern, den er am liebsten noch! den Abend vorher aufgesucht hätte.

Dieser hatte ihn wieder mit gewohnter Freundlichkeit aufgenommen, trotzdem er in diesem eigentlich seinen Feind sehen mußte, durch den Hans Olden soweit überführt worden war.

Auch diesem hatte der Kommissar ausführlichen Bericht erstattet.

Doktor Hallern war sich aber ebensosehr im unklaren darüber, was nun hätte geschehen können. So sehr er auch an die Unschuld seines Freundes glaubte, an der er nie gezweifelt hatte, so mußte er doch zugestehen, daß die Sachlage für diesen keine günstige war.

Es fehlte jeder Gegenbeweis, der Olden hätte entlasten können.

Sinnend saßen beide bei einer Tasse Tee, mit der Doktor Hallern dem Kommissar aufgewartet hatte, und die dieser nicht abschlagen konnte.

Plötzlich schien Doktor Hallern sich wieder des Augenblicks zu erinnern, in welchem die goldene Rose vorgefunden wurde, da er zu Scharbeck sagte:

„Die Nadel mit jener Rose! Ich weiß, sie steckte nicht im Kleide? Sie lag zwischen den Narzissen, wie herausgerissen oder hineingeschoben? Kann nicht ein Raub beabsichtigt gewesen sein?“

Kommissar Scharbeck verneinte.

„Ich kann dies nicht glauben, da doch ein solch einzelner Schmuck unter solchen Umständen nicht geraubt wird. Jeder Verbrecher würde sich hüten, in einem so belebten Lokale eine ähnliche Tat zu begehen!“

Aber Doktor Hallern blieb bei seiner Ansicht und verfocht diese aufs energischeste, indem er sagte:

„Es gibt nur diese eine Möglichkeit, die Tat galt der Erlangung der goldenen Rose!“

Scharbeck lächelte.

Er hätte ja nur die eigentliche Geschichte mit der Nadel berichten dürfen!

Er wollte aber nicht dieses peinliche Vorkommnis, das die Braut des Freundes von Hallern eines Diebstahls bezichtigte, erzählen!

Ebenso unschlüssig, wie sie im Anfang waren, trennten sie sich, Scharbeck, um seinem Dienste wieder nachzugehen; Doktor Hallern suchte Hans Olden im Gefängnis auf.

Es war dies für den Doktor kein erfreulicher Weg. Aber die bestimmte Zuversicht, daß es ihm doch noch möglich sein müsse, die Unschuld Oldens beweisen zu können, verlieh ihm Kraft und Ausdauer.

Als er vor der Fronfeste am Anger stand, die hohen Mauern hinausschaute, die mit mehr als fingerdicken Eisenstäben vergitterten Fenster sah, da kam wieder eine verzagende Trostlosigkeit über ihn.

Auf sein Läuten an der großen, massiv eichenen Eingangstür nahte sich bald schlüsselrasselnd und pantoffelschlürfend einer der diensthabenden Aufseher.

Doktor Hallern mußte noch durch ein eisernes Gittertor, ehe er im eigentlichen Gefängnis sich befand.

Dort dehnten sich zu beiden Seiten lange und hallenartige Gewölbegänge aus, die jeden Laut, jeden Ton widerhallten.

Ein modriger, feuchter Geruch, der dem Besucher den Atem beklemmte, stieg hier auf.

Von einem Aufseher, dem Doktor Hallern den Erlaubnisschein des Kommissars Scharbeck vorgezeigt hatte, wurde er sodann die breite Steintreppe emporgeführt, in das erste Stockwerk, in welchem das Verhörzimmer lag, das auch als Sprechzimmer benutzt wurde.

Hier trafen sich beide Freunde wieder.

Im ersten Augenblick des Wiedersehens war Doktor Hallern erschrocken einen Schritt zurückgewichen, als er die jugendliche und elastische Erscheinung Oldens in dem gealterten, abgemagerten, nach vorn gebeugten Mann wiedererkannte, der hier vor ihm stand.

Dann aber schloß er ihm in seine Arme, da Hans Olden nach seinem Empfinden nicht der Verbrecher war, der hier den Urteilsspruch des Gerichtes abwartete, sondern der Unglückliche, den die eigenartige Verkettung mehrerer Schicksalsfügungen unschuldig büßen ließ.

Über das mit rauhten Bartstoppeln überwachsene Gesicht Oldens perlten Tränen nieder, als er den Freund wiedersah, der ihn nicht vergessen hatte und ihn in seinem Elend besuchte.

Lange standen sich beide wortlos gegenüber. Dann aber drückte Doktor Hallern fest die Hand Oldens und sagte hierbei zuversichtlich:

„Ich weiß, daß Deine Schuld nicht so groß ist, daß Du auf diese Weise büßen mußt. Aber ich werde nicht eher ruhen, bis ich Dich gerettet weiß."

„Ich danke Dir, Bester! Aber 's wird nichts helfen! Es spricht ja alles wider mich!"

Nochmals mußte Olden seinem Freunde alles ausführlich darstellen: konnte hierbei nicht ein nebensächlich erscheinender Umstand von größter Wirkung sein!

Nichts war hierbei dem aufmerksam zuhörenden Doktor entgangen! Trotzdem konnte er nichts finden?

Was besagte die Behauptung Oldens, er hätte nur die Tritte einer Person gehört! Wie konnte er das beweisen!

Die goldene Rose!

Jene Vermutung, die er dem Kommissar gegenüber ausgesprochen hatte, stand wieder in seinem Gedächtnisse. Vielleicht wußte hier Olden eine Auskunft?

Hastig frug daher Hallern:

„Kannst Du Dich an jene Nadel erinnern, die Deine damalige Braut trug?!"

„Eine Nadel?!"

Erstaunt hatte Hans Olden gefragt.

„Ja! Mit einer goldenen Rose und dem Diamanten im Kelche.“

„Luise hat nie eine solche getragen!“

„Wirklich? Aber doch an jenem Redoutenabend! Man hat doch die Nadel bei ihr vorgefunden! Sie wurde auch von ihrem Vater als sein Eigentum bezeichnet!“

Mehr erstaunt noch als Olden hatte Doktor Hallern diese Punkte alle angeführt.

Olden aber schüttelte immer nur den Kopf und behauptete mit unerschütterlicher Gewißheit:

„Luise hat auch damals keine goldene Rose getragen! Ich hätte dies unbedingt sehen müssen!“

„Das kann ich aber nicht begreifen! Es kann ihr doch nicht der eigentliche Mörder diese Nadel zugesteckt haben! Zudem ist die Nadel ja anerkannt als Eigentum des Bankdirektors!“

Jemehr Einwände Doktor Hallern gegen die Behauptung seines Freundes erhob, um so bestimmter wurde dessen Aussage.

„Ich aber kann jederzeit nur das eine immer wieder versichern: Ich hätte es unbedingt sehen müssen, hätte Luise einen solchen Schmuck getragen. Umsomehr noch, als ich furchtbar eifersüchtig war und man bekanntlich in diesem Zustand mehr als sonst zu sehen pflegt.

Die Rose hätte mir nicht entgehen können, da ich doch gerade in diesem Schmuck wieder das Geschenk eines Nebenbuhlers gewittert hätte. Zudem trug Luise niemals irgend welchen Schmuck! Wäre es auch nur ein kleiner Ring gewesen.“

Doktor Hallern war durch diese mit aller Gewißheit vorgebrachte Behauptung völlig verblüfft.

Hier bot sich ein neues Moment, das weiter verfolgt werden konnte und schließlich doch zu einem Resultat führen mußte.

„Hattest Du irgend einen bestimmten Grund zu Deiner Eifersucht?“ frug Hallern sodann.

„Ich glaubte wenigstens einen solchen zu haben," war die daraufhin erfolgte Antwort. „Ich sah Luise nämlich am Abend vorher im Englischen Garten in Begleitung eines jungen Mannes. Ich hielt sie wenigstens für Luise! Da sie mir aber auf Zuredestellung jede Antwort verweigerte, mußte ich sehr begreiflich eifersüchtig werden."

Da nunmehr die bewilligte Zeitdauer abgelaufen war, mußten sich die Freunde wieder trennen.

Vorher aber versicherte Doktor Hallern nochmals, er werde alle ihm zur Verfügung stehenden Mittel anwenden, um den Freund aus seiner unschuldigen Gefangenschaft zu befreien.

Als Doktor Hallern wieder im Freien war, beschloß er, sofort den Kommissar Scharbeck auszusuchen, um diesem unverzüglich Nachricht zu geben von dieser seltsamen Behauptung seines Freundes, die er in keiner Weise anzweifelte, aber für die er dennoch keine Lösung finden konnte.

Glücklicherweise konnte er Scharbeck noch im Bureau antreffen, dem er auch sogleich das Ergebnis seiner Unterredung mitteilte.

Mit unverhohlenem Erstaunen nahm dieser die bestimmte und zuverlässige Aussage auf. Hier lag zweifellos ein Umstand vor, der in Betracht gezogen werden mußte; umsomehr, da sowohl Doktor Hallern als auch Hans Olden nichts über das eigentliche Vorkommnis wußten.

Kommissar Scharbeck erzählte nunmehr auch diese Geschichte: er schilderte den Besuch des Bruders, dessen Grund hierzu und sein verschüchtertes Benehmen; hierauf sprach er von dem Verschwinden dieses Schmuckes, das dem Sohne zur Schuld gelegt wurde, von dem Vorfinden der goldenen Rose an der Leiche und dem hierdurch nahen Verdacht, daß die Tote die goldene Rose vor der fraglichen Zeit in Besitz hatte.

Kommissar Scharbeck endete seine Erzählung.

Nach einer kurzen Pause erwartungsvollen Schweigens sagte im Anschluß an diese Darstellung des Kommissars Doktor Haltern:

„Damit ist doch noch keinesfalls erwiesen, daß der Diebstahl der goldenen Rose von einer anderen Person begangen wurde, die gleichzeitig auch den Mord verübt hat!"

„Dann müßte diese die Nadel getragen und verloren haben!" ergänzte der Kommissar.

„Wenn nicht eine Möglichkeit gegeben erscheint, wonach die Nadel mit Absicht der Toten zugesteckt wurde!"

Über eine derartige Auffassung völlig verblüfft, fragte Kommissar Scharbeck verwundert:

„Welcher Grund und welche Veranlassung sollte hierfür vorliegen?"

„Kann der Dieb nicht gleichzeitig ein Interesse daran verfolgt haben, die Schuld an dem Diebstahl der goldenen Rose der Toten beizuschieben?"

Der Kommissar schüttelte bedenklich seinen Kopf.

„Kaum möglich! Es wäre dies ein klar ausgesprochener Verdacht gegen Franz Walther, den Bruder der Ermordeten."

„Und wenn?"

Lächelnd erwiderte Scharbeck:

„Sie müssen diesen Menschen sehen und beobachten, dann werden Sie mir beistimmen. Dieser Franz Walther ist der Sklave seines Vaters; er ist völlig willenlos wie ein Kind und kaum imstande, selbständig etwas vorzunehmen."

„Ist es denn erwiesen, daß sonst niemand als Dieb dieser Rose in Betracht kommt? Es kann ja auch möglich sein, daß er zufällig die Rose verlor! Vielleicht ist es gerade jene Person, gegen welche Olden Eifersucht hatte, jene Person, die er am Abend vorher mit Luise Walther sah?"

„Das ist vorläufig noch ungeklärt. Jedenfalls bietet dieses ein neues Material."

„So auch werden wir ein bestimmtes Resultat erzielen."

„Vielleicht? Wir dürfen nicht zuviel hoffen! Es ist selbst die so zuverlässige Behauptung Ihres Freundes nicht gänzlich einwandsfrei."

„Wie soll ich das verstehen?"

Doktor Hallern blickte überrascht auf den Kommissar, der so unerwartet seinen Zweifel aussprach.

„Die Rose kann so zwischen den Narzissen verborgen gewesen sein, daß er sie eben in seiner Eifersucht nicht gesehen hat."

Doktor Hallern nagte an seinen Lippen. Er wußte nicht, was er hier entgegnen sollte; er zweifelte ja nicht daran, wie sehr es unmöglich war, einen von gegenteiliger Ansicht von einer solchen Anschauung, die zugegeben leicht Anlaß zu Zweifeln gab, zu überzeugen.

Kommissar Scharbeck bemerkte dieses offensichtliche Mißbehagen und antwortete deshalb:

„Sie dürfen deshalb den Mut keinesfalls sinken lassen. Ich werde selbstverständlich heute noch ausgedehnte Nachforschungen anstellen. Wann und wie diese Rose verschwunden ist, ob noch eine dritte Person außer dem Sohn und der Tochter in Betracht kommen kann. Dann erst wird es möglich sein, die Bedeutung der Aussage Ihres Freundes genau festzustellen."

Weniger befriedigt, als er gekommen war; entfernte sich Doktor Hallern ans dem Bureau Scharbecks, nach dem er noch für den Abend des gleichen Tages bestellt worden war.

Zerstreut und mißmutig begab sich Doktor Hallern in seine Wohnung zurück.

War es überhaupt möglich, die Schuldlosigkeit seines Freundes zu beweisen?

Ein treuer Freund

Doktor Hallern konnte kaum die Stunde erwarten, die ihn wieder zu Kommissar Scharbeck führte.

Was aber war dessen Erfolg?

Während sich Doktor Hallern mit bangen Zweifeln über die Erfolge oder Nichterfolge Scharbecks abquälte, begab sich dieser in die Wohnung des Bankdirektors Walther, die er nur ungern betrat.

Wäre es nicht seine Pflicht gewesen, er würde sicherlich nicht wieder dieses Haus betreten haben, das ihn so frostig umfing, in welchem eisige Winterkälte das ganze Jahr hindurch herrschte.

Franz Walther lebte wieder dauernd im Elternhause, wo er nur einen wenig erfreulichen Empfang gefunden hatte.

Obwohl ihn eine Sehnsucht dorthin zurückgetrieben hatte, eine Sehnsucht, die ihn Nächte hindurch oft Qualen bereitet hatte, so fand er auch dort nicht den Frieden!

Seine Abhängigkeit und sklavische Gehorsamkeit, mit welcher er an den Willen des Vaters gebunden war, hatte ihn zu diesem zurückgeführt, und zwar mit solcher Leidenschaft, wie der Hund zu seinem Herrn zurückkehrt.

Nur die angeborene Knechtschaft, das selbstquälerische Abhängigkeitsgefühl waren die Veranlassung hierzu und er fühlte sich unglücklich in seiner damaligen Freiheit.

Aber jetzt war er fremd in dem alten Elternhause; niemand beachtete ihn, er war zurückgedrängt, sich selbst überlassen.

Auch die Mutter verspürte in der Nähe ihres Kindes eine unerklärliche Furcht; es schien, als zwänge sich zwischen beide der Geist der toten, von ihr über alles geliebten Tochter.

Das war die Ursache, daß Kommissar Scharbeck bei jedem wiederholten Erscheinen immer frostiger und unbeliebter empfangen wurde.

Als er den Bankdirektor auf dessen Frage hin gebeten hatte, ihn in dem seinerzeitigen Vorfall beim Verschwinden der bewußten goldenen Rose ausführlichen Bescheid zu erteilen, da dies gerade für die Untersuchung jetzt von großer Bedeutung sei, begegnete er einem unverhohlenen Mißtrauen.

„Ich denke, diese Angelegenheit wäre sowohl für meine Person, noch mehr aber für Sie erledigt. Meine Tochter ließ sich zu einer solchen Tat hinreißen und mußte diese auch furchtbar büßen! Warum wollen Sie diese Geschichte noch einmal aufleben lassen?"

„Ich muß! Es hat die Untersuchung eine solche Wendung angenommen, daß dies von größtem Interesse ist. Kann diese kostbare Nadel nicht auch von einer dritten Person, also weder von Ihrem Sohn noch von Ihrer Tochter entwendet worden sein?"

Der Bankdirektor zog die Stirne hoch und erklärte mit aller Entschiedenheit:

„Es gibt keine andere Möglichkeit! Luise hat es getan, worüber nach dem Vorgefallenen kein Zweifel mehr bestehen dürfte."

Auf diese direkte Ablehnung, die Kommissar Scharbeck in jeder Beziehung erhielt, glaubte es dieser für das Vorteilhafteste halten zu müssen, sich möglichst rasch zu entfernen, was er denn auch tat, gleichzeitig mit dem entschiedenen Vorsatz, dieses Haus nicht wieder zu betreten.

Durch diese schroffe Behandlung wurde der Kommissar so mißmutig gestimmt, daß er eine Gleichgültigkeit, mehr noch eine Abneigung für das Interesse an Olden bekam.

Waren es doch nur haltlose Behauptungen, die dieser aufstellte!

Konnte er die Rose nicht übersehen haben?

Warum einem so unwahrscheinlichen Punkte solche Bedeutung geben?

Stand er nicht unter dem suggestiven Einfluß Doktor Hallerns, der ihn von der Unschuld Oldens durch alle Mittel zu überzeugen suchte?

Stellte er sich objektiv zu dem vorhandenen Beweismaterial, so stand Oldens Schuld zweifellos fest!

Konnte an dieser dadurch gewonnenen unbeeinflußten Überzeugung die Verteidigung durch den Doktor etwas ändern?

Während Kommissar Scharbeck in Gedanken versunken seinem Bureau zustrebte, vertiefte er sich in die Beantwortung dieser Fragen.

Die Schuld Oldens war anfänglich seine bestimmte Überzeugung.

Auch jetzt noch!

Alle diese Versuche, den Freund zu entlasten, führten auf Irrwege.

Belanglose Behauptungen!

An seiner Seite tauchte ein Fußgänger auf, der mit freundlichem Gruße zu Kommissar Scharbeck trat.

Es war der Bruder der Toten, Franz Walther.

Höflich erwiderte der Kommissar diesen Gruß.

Lächelnd erinnerte sich Scharbeck, daß Doktor Hallern selbst bei diesem eine Schuld gesucht hatte.

Hierbei streifte sein Blick die etwas schwächliche Gestalt, die wie im Traume dahinschritt.

Nur das Glimmen in den stechenden Augen irritierte den Kommissar, da er hierin eine Leidenschaft erblickte, die im direkten Gegensatz zu dem sonstigen Wesen dieses Menschen stand.

Mit der gewohnten Unbeholfenheit, schüchtern und in unvollendeten Sätzen stammelnd, führte dieser mit Scharbeck ein Gespräch, das von der Unterredung des Kommissars mit dem Bankdirektor seinen Beginn nahm.

„Verzeihen Sie, Herr Kommissar, wenn ich eine Frage an Sie richte! Aber ich weiß von Ihrem Gespräch mit Vater! Es ist wegen der Rose. Entschuldigen Sie, Herr Kommissar, aber der Vater ist wohl etwas barsch!“

Kommissar Scharbeck konnte es nicht unterlassen, hier auch seiner Meinung Ausdruck zu verleihen, und er entgegnete ohne jede Rücksichtnahme:

„Das mußte auch ich fühlen! Und zwar so sehr, daß einem sehr leicht der Beruf und die Pflicht vergällt werden könnte."

Franz Walther erschien hierüber ganz erschrocken zu sein, denn er antwortete hierauf sofort in höchlichster Bestürzung:

„Aber, Herr Kommissar, Sie dürfen gewiß das Benehmen meines Vaters nicht für übel nehmen! Er ist so! Ich muß dies doch auch oftmals fühlen!"

„Ich bin aber nicht sein Sohn, auch nicht sein Untergebener, die er meinetwegen auf solche Art behandeln kann!"

„Aber nein, er meint es gewiß nicht so! Sicherlich nicht! Wenn ich Ihnen vielleicht mit irgend einer Auskunft dienlich sein kann, mit Freuden! Verfügen Sie über mich!"

Kommissar Scharbeck wollte schon höflichst danken für diesbezügliche Auskunfterteilung, aber warum sollte er mit dem Sohne darüber nicht sprechen!

Konnte dieser jemals in Betracht kommen?

Sollte er mit Doktor Hallern eine Schuld in dem Bruder suchen?

Wenn auch das nicht, war es ratsam, diesem Näheres zu berichten?

Franz Walther bemerkte sehr wohl, daß der Kommissar einen Entschluß überlegte, da er des Weiteren mitteilte:

„Was Sie mit Vater gesprochen haben, ist mir ja schon bekannt. Sie sagen mir also nicht mehr, als ich schon weiß. Herr Kommissar werden mir schon verzeihen, aber meine Schwester ...

Hier hatte sich Franz Walther schon wieder in eine zu lange Rede eingelassen, da er inmitten des Satzes stockte und kein Ende finden konnte.

Sein Gesicht wurde mit einer jähen Röte übergossen, dann stotterte er eine Entschuldigung hervor:

„Ich weiß nicht, aber entschuldigen Sie mich, die Schwester ist doch auf solche Weise zugrunde gegangen."

Der Kommissar unterstützte die Hilflosigkeit dieses Bruders und sprach ihm zu:

„Ich begreife sehr wohl, was Sie zu sagen wünschen. Ihr Interesse, daß die Mordtat Vergeltung findet!"

„Ganz gewiß! Aber darum möchte ich Ihnen ja Aufschluß geben, wenn Sie es nur wünschen."

Lächelnd verneinte der Kommissar.

„Es ist dies gewiß nicht notwendig. In keinem Punkte liegt für mich auch nur der geringste Zweifel vor."

Diese Aussage war in diesem Augenblick die überzeugende Meinung des Kommissars.

Franz Walther dagegen schien keineswegs beruhigt.

Es schien, als ängstige ihn die Ablehnung durch den Kommissar, aber auch, als befürchte er dessen Unmut und Ungnade.

Mit gesteigerter Unbeholfenheit, die in seinem Gesicht unverkennbar zum Ausdruck kam, wandte er sich an den Kommissar:

„Ich weiß nicht, was ich verschuldet habe! Aber – verzeihen Sie, wenn ich. mich entschuldige, aber ich möchte doch, möchte gerne, daß ich Ihnen dienlich sein kann; oder daß die Schwester –, ich will sagen – der Mord der Schwester gesühnt wird!"

„Das wird geschehen, darüber dürfen Sie vollkommen beruhigt sein! Es ist nichts so fein gesponnen, es kommt doch noch an die Sonnen!"

„Aber – dann will ich Sie nicht stören; ich dachte – ich meinte, Ihnen dienlich sein zu können; und hätte dies gerne getan."

Unter halblaut gemurmelten Entschuldigungen war Franz Walther gar bald in einer der Seitengassen der Sendlingerstraße verschwunden.

Kommissar Scharbeck setzte seinen Weg fort.

Konnte bei diesem ein Verdacht überhaupt ausgesprochen werden?

Laut lachte Scharbeck; es kümmerte ihn nicht, daß manche Passanten verwundert nach ihm umschauten.

Doktor Hallern glaubte eben fanatisch an die Schuldlosigkeit des Freundes, der ohne Zweifel überführt war; nach seinem Geständnisse!

In seinem Briefe an Hallern hatte Olden zuviel verraten, was ihn später gereut hatte. War nicht seine spätere Begründung und seine Behauptung von raffinierter Spitzfindigkeit?

Konnte das überhaupt Wahrheit sein?

Niemals!

Mochte Doktor Hallern allein für seinen Freund eintreten, er selbst hatte seine Pflicht getan und diese hatte ihn zur Schuld Oldens geführt!

Bei diesen bestimmten Ansichten war Kommissar Scharbeck in seinem Bureau angekommen, woselbst er schon von dem sehnsüchtig harrenden Doktor Hallern empfangen wurde.

Dieser begrüßte den Kommissar freundlich und eilte ihm gleich mit der Frage entgegen:

„Nun, haben Sie irgend ein Resultat erreicht?"

Die Antwort des Kommissars Scharbeck war keineswegs so freundlich und entgegenkommend, wie bisher, trotzdem er das Bestreben zeigte, seinen Widerwillen nicht offen zu zeigen.

„Ein Resultat, gewiß! Aber sicherlich nicht das gewünschte."

„Weshalb?"

„Herr Bankdirektor Walther gab mir ausdrücklich zu verstehen, daß durch das Auffinden der Rose bei seiner Tochter deren Schuld erwiesen sei."

Mit ungewohnter Heftigkeit ergänzte hier Doktor Hallern, während er hinter dem Kommissar das Bureau betrat:

„In mir aber bestärkt dies die Vermutung, daß gerade dadurch der Verdacht auf Luise gelenkt werden sollte. Der Dieb versuchte dadurch, sich von dem Verdachte des Diebstahls zu retten."

Lachend antwortete darauf der Kommissar:

„Aber das wäre doch die größte Dummheit, sich durch einen Mord von einem Verdachte zu befreien, der weiter keine Folgen hat."

Hier wurde Doktor Hallern auffallend ernst, „Lächerlich finde ich das keineswegs. Im Gegenteil sehr ernst! Aber zu meinem Bedauern muß ich die Wahrnehmung machen, daß Sie jedes Zutrauen zu der Schuldlosigkeit Oldens verloren haben."

„Ich habe keinesfalls das Zutrauen verloren, sondern die Überzeugung seiner Schuld gewinnen müssen."

Kommissar Scharbeck verhehlte seine Anschauung nicht. Er ging sogar soweit, daß er zu dem Doktor sagte:

„Wenn Sie mir einen Rat erlauben, möchte ich es Ihnen gleichfalls sehr empfehlen, nicht zu sehr auf den Freund zu vertrauen. Es existieren doch Beweise, die mit erdrückender Last die Unschuldsbeteuerungen Oldens widerlegen."

Doktor Hallern biß die Zähne zusammen, richtete sich straff empor und erwiderte daraufhin in ganz entschiedenem Tone:

„Was und wie ich von meinem Freunde denke, das wird durch keinen der bisher vorliegenden Beweise erschüttert. Ich kann ja Sie nicht zwingen, über diesen meine Anschauung zu teilen, ich werde Ihnen diese auch niemals aufzwingen; aber ich möchte es gleichfalls nicht dulden, daß Sie meinen Glauben an den Freund zu untergraben versuchen!"

Hier machte Scharbeck eine hastige Entgegnung.

„Ich glaube, Sie sprechen etwas zu unüberlegt!"

Doktor Hallern ließ sich dadurch keineswegs beirren, sondern fuhr ruhig, aber bestimmt fort: „So mag es Ihnen erscheinen! Aber mein Interesse an Hans Olden und meine Freundespflicht gebieten mir dieses. Ich wünsche ja nichts von Ihnen und kann auch nichts anderes verlangen, als daß Sie nach wie vor Ihre Pflicht tun."

„Das brauchen Sie mir nicht zu sagen!" war die brüske Gegenerklärung des Kommissars.

„Ich sage dies auch nicht, um Sie daran zu erinnern, sondern um Ihnen klarzumachen, daß es mir in derselben Weise zukommt, meine Pflicht gegen den Freund zu erfüllen."

„Daran werde ich Sie nie hindern!"

„Dann adieu! Vielleicht führt uns der Weg noch einmal zusammen!"

Der Kommissar Scharbeck schnitt die weitere Rede ab, indem er sagte:

„Ich zweifle doch nicht an Ihnen? Sie sind für mich der Ehrenmann nach wie vor! Unser Weg trennt sich in dieser Sache, was mich keineswegs abhalten wird, Ihnen dienlich zu sein, wenn ich es vermag!"

„Hierfür danke ich Ihnen im voraus! Aber ich Habe vorerst keinen anderen Wunsch, als daß Sie mir gelegentlich wieder den Besuch des Freundes erlauben."

„Anstandslos!"

Hierauf trennten sich die beiden. Kommissar Scharbeck sah lange träumerisch vor sich hin, nachdem Doktor Hallern längst sich entfernt hatte, er dachte an die korrekte Haltung des Doktors, an dessen unentwegte Freundschaft, die selbst in diesen schwersten Stunden nicht versagte und alles einsetzte für den Freund. Und dennoch konnte er diesen nicht retten! Nur Olden war der Mörder! Doktor Hallern aber schritt betrübt durch die Straßen der Stadt.

Jetzt fühlte er sich gänzlich vereinsamt, er hatte ja niemanden mehr, der mit ihm für den Freund eingestanden wäre; dieser aber konnte sich gar nicht helfen. Und er war allein! Was sollte er jetzt zunächst beginnen?

Forschungen auf eigne Hand

Doktor Hallern saß allein in seinem Junggesellenheim.

Trotzdem er jetzt keinen Freund besaß, der ihn unterstützt hätte, so verzagte er dennoch nicht.

Was ihm an Erfahrung fehlte, das ersetzte sein uneigennütziges Bestreben! Schreckte er doch vor keiner Mühe zurück!

Aber wie gelang es, für Hans Olden tätig zu sein?

Nur ein unwiderlegbares Ergebnis, das die Schuld eines zweiten klar bewies, konnte den Freund retten!

Sein einziger Verdacht stützte sich auf die Mitteilung Oldens, daß die goldene Rose die Tote nicht geschmückt hatte, solange er in ihrer Nähe gewesen war.

Wie er schon dem Kommissar Scharbeck wiederholt versichert hatte, war die Nadel der Toten zugesteckt worden, um auf diese den Verdacht des Diebstahls zu wälzen.

Und das konnte nur durch den Bruder geschehen sein!

Denn dieser hatte die Nadel entwendet, dieser war des Diebstahls verdächtig aus dem Elternhause gestoßen worden!

War aber hierzu der Mord geboten?

Konnte jemand einen Mord begehen, lediglich deshalb, von einem Verdachte losgesprochen zu werden?

Setzte er sich hierbei nicht einer doppelten Gefahr aus, die bei weitem in keinem Verhältnisse zu dem Vorteile stand, der durch das Verbrechen erzielt wurde?

Dieses mußte eine Lösung finden!

Hierin lag die erste Aufgabe!

Erreichte der Bruder der Ermordeten noch weitere Vorteile durch seine Tat?

Die Miene Hallerns verdüsterte sich; aber ebenso plötzlich heiterte sich diese auf.

Er hatte ein Ergebnis, eine Möglichkeit; diese mußte verfolgt werden.

Doktor Hallern zögerte nicht länger mit der Durchführung.

Er benützte den nächsten elektrischen Wagen und fuhr bis zum Marienplatz.

Bon dort aus ging er nach dem nahen Polizeigebäude zum Einwohnerbureau und erkundigte sich nach der Wohnung Franz Walthers.

„Paulsplatz 5, zweiter Stock“ lautete der Bescheid des diensthabenden Beamten.

Das aber war die Wohnung seiner Eltern.

„Wo war dessen Wohnung, die er vor dieser hatte?“

Der Beamte blätterte zurück.

„Amalienstraße 12, dritter Stock, bei Frau Marx.“

Doktor Hallern bezahlte die erteilte Auskunft und entfernte sich wieder, um die Richtung zur Amalienstraße einzuschlagen.

Bald hatte er Haus Nummer 12 gefunden.

An der Türe, die ein auf den Namen A. Marx lautendes Schild zeigte, klingelte Hallern.

Eine kleine, dicke, rundliche Frau öffnete und frug nach seinen Wünschen.

„Hier hat doch Franz Walther gewohnt?“ lautete die Gegenfrage des Doktors.

„Gewiß!“ knixte die dicke Frau mit sonorer Stimme, die wohl auf den häufigen Genuß von Bier zurückgeführt werden konnte.

„Ich möchte gern einige Erkundigungen über diesen Herrn einziehen!“

Die Dicke, ein echtes Münchener Kind, mit der demselben angeborenen Gutmütigkeit, Geschwätzigkeit und teils auch Neugierde, verweigerte dieses Ansuchen durchaus nicht, sondern führte den feinen Herrn in ihre „schöne Stube", die sonst ein Zimmerherr benützte.

„Aber gern! Sag'n S' nur, was' Sie wollen!" Doktor Hallern wußte nicht recht, wie er fragen sollte.

Hierbei aber gereichte ihm die angeborene Schwatzhaftigkeit der Frau Marx zum Vorteil. Denn ohne eine Frage überhaupt abzuwarten, sprudelte die Frau mit einem unerschöpflichen Wortschwall los:

„Sie haben gewiß auch was zu fordern von diesem sauberen Früchtl! Das ist nämlich ein ganz Gewaschener! Gearbeitet hat er nichts, gar nichts; aber natürlich umsomehr gefressen und getrunken.

Mit Verlaub! Ich bin jetzt ja bezahlt worden! Wirklich! Aber daß Sie ja nicht glauben von dem Burschen! Seine Schwester hat mir das Geld 'geben! Wissen Sie, die im Deutschen Theater ist umgebracht worden! Es ist wirklich schad für dies schöne, gute Fräulein.

Ja, ja, der Franz! Jetzt wird's ihm ja nicht mehr schlecht gehen, seit er wieder hat zu seinen Eltern dürfen."

In ähnlicher Weise und unter fortgesetzten Wiederholungen schwätzte die Frau fast eine Viertelstunde, ohne daß Doktor Hallern auch nur ein Wort gesprochen hatte.

Er hatte auf diese Weise mehr erfahren, als er Überhaupt für möglich gehalten hatte.

Sein Verdacht war jetzt jedenfalls nicht mehr gänzlich unbegründet.

Franz Walther war arbeitslos und verfügte über keinerlei Geldmittel.

Seine Schwester hatte seine Schulden bezahlen müssen.

Durch seine Rückkehr ins elterliche Haus konnte er wieder zu Geld gelangen, während er andernfalls bald wieder in Not geraten wäre.

Diese Rückkehr ins Elternhaus konnte er sich aber nur dadurch ermöglichen, daß er seine Schuldlosigkeit an dem ihm zugeschobenen und auch – vermutlich – tatsächlichen Diebstahl bewies.

Das war ein wohlbegründetes Motiv zu dem verübten Verbrechen.

Der Redeschwall der Mietfrau war auch während dieser Erwägungen stromartig, ohne Unterbrechung über Doktor Hallern hereingebrochen.

„Ja, denken Sie nur. Enterbt war er geworden! Was muß der Wohl angestiftet haben, daß sich der Vater soweit hergegeben hat. Enterbt! Jetzt wird dies ja wieder vorbei sein! Er ist ja nur noch das einzige Kind!"

Auch das!

Jedenfalls waren die Erfolge, die durch das Verbrechen erzielt wurden, wohl berechnete und nicht unbedeutende.

Wenn Doktor Hallern jede seiner weiteren Bemühungen so sehr von Erfolg gekrönt sah, dann konnte es wohl keine Schwierigkeit mehr bereiten, die Schuldlosigkeit Oldens zu beweisen.

Um diesen fortgefetzten Reden der unermüdlichen Frau ein Ende zu machen, da sie stets das schon Gesagte nur immer wieder in anderen Variationen wiederholte, frug sie Doktor Hallern mit lauter Stimme, damit ihr unerschöpflicher Redefluß übertönt wurde:

„Wissen Sie vielleicht, ob dieser Franz Walther, kurz ehe er bei Ihnen auszog, auf eine Redoute gegangen ist?"

„Nein! Ich kann mich doch darum nicht bekümmern! Der ist ja fast jeden Abend fortgewesen und hat mir auch nie gesagt, wo er war. Ich habe auch gar nicht danach gefragt."

Wieder unterbrach sie eine Frage Hallerns:

„War Franz Walther vielleicht auch abwesend an dem Abend, an welchem seine Schwester ermordet wurde?"

„Aber freilich! Sie lassen mich ja gar nicht zu Ende sprechen! Ganz gewiß war er fort. Schon am Abend vorher. Den Tag darauf wiederum. Ich habe natürlich nicht gefragt, wo er gewesen ist. Ich habe auch gar keine Zeit, mich mit meinen Zimmerherren abzugeben, ich bin zuviel beschäftigt, bei mir gibt es den ganzen Tag immer nur Arbeit. Da kann man doch wahrlich nicht mit den Zimmerherren schwätzen! Sie brauchen ja nicht zu glauben, daß ich eine von denen bin, die nichts zu tun haben, als – mit Verlaub, wenn ich mich nicht geniere – zu „ratschen“.“

Doktor Hallern glaubte es in diesem Augenblick für das Vorteilhafteste zu halten, sich möglichst rasch zu entfernen, da er weder die liebe, freundliche Frau von ihrer Arbeit abhalten mochte, auch nicht über soviel Zeit verfügte, das Ende ihrer Reden abwarten zu können.

Er empfahl sich deshalb mit entschuldigenden Worten, die aber keineswegs die fortgesetzten Erzählungen der Frau zu hemmen vermochten, sondern die ihn unter stetem Plappern und Reden zur Tür hinaus begleitete, auch die Treppe hinunter, und erst auf der Straße den Doktor freiließ, dem die Ohren summten und surrten.

Er beachtete dies jedoch nicht so sehr, da er wenigstens etwas hatte erreichen können.

Die nächsten Gedanken des Doktor Hallern beschäftigten sich damit, auf der eingehaltenen Spur, die zur Schuld Franz Walthers führte, weiterzufolgen.

„War er der Dieb der goldenen Rose?“

Könnte es möglich sein, hierfür einen Beweis zu erbringen, dann wäre dieser zweifellos überführt.

Wie aber sollte er das erreichen?

Er wußte ja nicht einmal, wann der Diebstahl begangen wurde.

Das aber mußte er erfahren, wenn er etwas durchsetzen wollte.

Der Doktor sah auf die Uhr.

Halb elf!

Um diese Zeit mochte der Bankdirektor wohl aus dem Bureau sein.

Aber seine Frau konnte er allein antreffen. Vielleicht sprach diese mehr mit ihm?

Diesen Vorsatz führte Doktor Hallern sofort aus; er fuhr mit dem nächsten Trambahnwagen die Bayerstraße hinaus, bis zur unmittelbaren Nähe des Paulsplatzes.

Bald war er dann vor der Wohnung des Bankdirektors, aus der eben Franz Walther trat.

Doktor Hallern kannte diesen nicht, aber durch die Erzählung des Kommissars wurde er auf diesen aufmerksam.

Mit vorgestrecktem Kopfe und eingezogenen Schultern machte der junge Bursche auf Hallern den gleichen Eindruck wie auf den Kommissar. Verschüchtert und vertölpelt!

Hierdurch aber ließ sich Doktor Hallern keineswegs beeinflussen!

Konnte dieser nicht trotzdem die Tat begangen haben?

Konnte man die Gesinnung und die Pläne des Menschen nach seinem äußerlichen Erscheinen beurteilen?

Der Doktor ließ sich der Frau Bankdirektor Walther melden.

Er wurde vorgelassen und stand wenige Minuten später der kleinen, unscheinbaren Frau gegenüber, deren Haare bereits stark ergraut waren, die noch mehr gealtert erschien, wohl durch die schreckliche Tat, während der letzten Tage.

Doktor Hallern stellte sich vor und sagte hierauf:

„Mich führt ein peinlicher Vorfall zu Ihnen, gnädige Frau, das Interesse an meinem Freund Hans Olden. Er war der heimlich Verlobte Ihrer Tochter."

Die alte Frau schrack bei diesen Worten des Doktors jäh zusammen. Dieser aber fuhr unbeirrt fort:

„Sie haben wohl schon Mitteilung darüber, daß er als Mörder gefangen gehalten wird. Aber ich glaube bestimmt an seine Schuldlosigkeit, ebenso wie an die Schuldlosigkeit Ihrer Tochter. Sie hat die goldene Rose nicht genommen!“

Hier ergriff die unglückliche Mutter die Hand des Doktors und sagte lebhaft:

„Nein, ganz gewiß nicht! Das hat Luise nie getan!“

Diese Gelegenheit benützte der Doktor, der sich aber sehr wohl hütete, auf den Sohn irgend welchen Verdacht zu lenken.

„Ich weiß das und möchte gerne den Beweis hierfür erbringen, da ich dadurch auch den Freund von jenem schweren Verdachte befreien könnte. Ich müßte aber vorher noch verschiedenes fragen und weiß nicht, ob ich Sie darum bitten darf.“

„Gewiß! Fragen Sie nur! Ich will Ihnen gerne helfen, damit dieser unglückselige Mensch nicht noch länger unschuldig leiden muß. Luise mußte ja noch schrecklicher büßen; aber sie hat es schon überstanden.“

„Kann ich vielleicht erfahren, wann diese goldene Rose verschwunden ist; den Tag vielleicht genau.“

Die alte Frau nickte zustimmend und antwortete dann sofort:

„Freilich! Es sind jetzt drei Jahre her! Kurz vor Weihnachten war es, mein Mann war eingeladen und wollte deshalb die Nadel tragen, aber sie war nirgends zu finden.“

„Aber weshalb hat dann der Herr Bankdirektor den Sohn verstoßen?“

Die Mutter seufzte schwer auf und erzählte dann etwas zögernd:

„Das ist eine schwere Geschichte. Franz ist nicht nach uns geraten; er ist verstockt. Aber ich will ihm keine Schuld geben, er hat nur den Vater immer zu sehr gefürchtet und deshalb ist er wohl so geraten.

Als dann der Vater den Verlust der Rose bemerkt hatte, sie war in einer Schatulle im Kasten, stellte er Luise und Franz zur Rede.

Während das Mädchen aber jede Schuld bestritt, blieb der Junge verstockt und sagte nichts zur Erwiderung. Er ist so verschüchtert.

Der Vater aber hielt dies für ein Schuldbekenntnis, da ja nicht leicht eine dritte Person die Rose entwendet haben kann und jagte den Jungen auf die Straße. Es war dies eine schwere Zeit für mich!“

Auch hier hatte Doktor Hallern erfahren, was er zu wissen wünschte.

Er drängte deshalb sehr rasch zum Abschied, um baldmöglichst mehr für den Freund erreichen zu können.

Jedenfalls verstärkte sich fortgesetzt der Verdacht gegen Franz Walther.

Ehe er das Haus des Bankdirektors verließ, bat ihn die alte Mutter noch einmal:

„Tun Sie, was Sie unternommen haben! Ich kann ja dem jungen Menschen nicht zürnen; er hat vielleicht denselben Verlust erlitten wie wir, wenn er sie geliebt hat.“

Doktor Hallern gab noch diese Zusicherung ab, dann strebte er weiter, wieder seiner Pflicht nach.

Er dachte daran, ob er nicht Kommissar Scharbeck von den bisherigen Erfolgen verständigen sollte, da ihm dieser bei seinem weiteren Vorsatze gut hätte von Nutzen sein können.

Aber der Doktor kam hiervon ab. Er allein wollte es durchführen.

Seine nächste Aufgabe erblickte er darin, bei allen Versatzämtern und Trödlern nachzuforschen, ob bei diesen nicht einmal diese goldene Rose versetzt und wieder ausgelöst worden war.

Nach seiner eingezogenen Information im Adreßbuche fand er in der ganzen Stadt über dreihundert Trödler.

Und alle diese mußte er aufsuchen, wenn er einen wirklichen Erfolg erzielen wollte! Er wollte es auch tun! Aber für diesen Tag war er zu ermüdet! Er ging deshalb nach Hause, um alle Adressen sich aufzunotieren und so zu ordnen, wie er sie besuchen wollte.

Der nächste Tag sollte ihn wieder bei der Ausführung seiner Pflicht finden.

Der Beweis der Schuldlosigkeit erbracht

Fast den ganzen Nachmittag und Abend hindurch hatte Doktor Hallern zu schreiben, bis er die Reihenfolge aller Adressen aufgeschrieben hatte, wie er sie gehen wollte.

Vollständig ermüdet hatte er dann bis zum frühen Morgen geschlafen.

Dann war er sofort bereit und trat seinen Weg an.

Zuerst suchte er alle Trödler und Versetzer, sowie die städtischen und privaten Leihhäuser der Innenstadt auf.

Immer wieder mußte er erfolglos sich entfernen; schon war die Mittagszeit nahe und er hatte noch nicht einmal die hälfte der Adressen der Innenstadt abgefragt.

Wenn er auf diese Weise gezwungen war, weiterzusuchen, dann konnten drei bis vier Tage vorübergehen, ohne daß er irgend ein Resultat erreicht hatte.

Was aber hätte er sonst beginnen sollen?

Ein Inserat!

Sofort verwarf er diesen Plan.

Hatte er denn eine Gewähr dafür, daß dieses Inserat von allen gelesen wurde?

Konnte aber nicht auch Franz Walther selbst dieses Inserat in der Zeitung lesen und so gewarnt werden?

Das aber mußte er vermeiden, wenn er sein Ziel erreichen wollte!

Sollte er doch noch den Kommissar Scharbeck aufsuchen, der entschieden mehr praktisches Können besaß?

Auch das verwarf er.

Er wollte nicht eher vor den Kommissar hin treten, bis ihm nicht der vollständige Beweis geglückt war.

Mit unermüdlicher Unverdrossenheit setzte Doktor Hallern nach einer kurzen Mittagspause sein Suchen wieder fort.

Stets wieder von neuem brachte er sein Anliegen vor, das er schon zu wiederholten Malen vorgebracht.

Die Dämmerung brach an, der Abend nahte; schon gegen fünf Uhr herrschte Dunkelheit auf den Straßen.

Doktor Hallern hatte noch nicht das geringste erreichen können.

Bald mußte nun der Doktor für diesen Tag sein Suchen aufgeben, da die Läden allmählich geschlossen wurden.

Da verspürte der Doktor aber auch schon eine solche Müdigkeit, daß seine Füße zitterten und ihn kaum noch zu tragen vermochten.

Diese Erfolglosigkeit erschütterte jedoch keinesfalls die Zuversicht des Freundes, sondern bestärkte in ihm umsomehr den Vorsatz, nach vollkommener Nachtruhe am nächsten Morgen mit erneuter Energie seiner Pflicht nachzukommen.

Der folgende Tag trieb schon zu früher, ungewöhnlicher Morgenstunde den Doktor wieder zu seiner Aufgabe.

Während er sonst bis zur neunten Stunde oft noch in den Federn lag, irrte er schon gegen sieben Uhr durch die schwachbelebten Straßen der Stadt.

Es war ein bitterkalter Tag, und so hüllte sich Doktor Hallern dicht in den warmen Pelzmantel, der ihm einigermaßen Schutz gewährte vor den kalten, pfeifenden Märzstürmen, die in München nicht zu den Seltenheiten gehören.

An diesem Tage mußte er die Vorstädte Münchens besuchen.

Au und Giesing hatte er bereits hinter sich und er war hierbei durch mancherlei Gegenden und Straßenzüge gekommen, die ihm bisher völlig unbekannt waren.

Die Mittagsstunde war bereits vorüber, als er in der äußeren Wienerstraße in Haidhausen dahinschritt.

Dort befanden sich noch mancherlei altertümliche Häuser mit finsteren Kellerwohnungen, in denen größtenteils Trödler und Pfandverleiher ihre Geschäfte ausübten.

Schon hatte er mehrere dieser Geschäfte durchgefragt, als er in den Laden eines alten graubärtigen Mannes trat.

Auch diesem brachte er seine Anfrage vor. Dieser zögerte anfänglich mit einer Antwort, dann sah er in seinem Hauptbuche, das jeder Pfandverleiher führen muß, nach, wobei er sagte:

„Ich glaube mich bestimmt daran erinnern zu können! Diese goldene Rose, ein prachtvolles Stück von Goldschmiedearbeit, wurde unlängst wieder ausgelöst, nachdem vorher schon wiederholt die Auslösungsfrist verlängert worden war."

Doktor Hallern atmete wie erlöst auf.

Inzwischen hatte der Verleiher auch die Notiz im Hauptbuche gefunden.

„Vor drei Jahren am 22. Dezember wurde sie zu mir gebracht; jedes Jahr dann einige Tage vor dem Verfallstermine wurde sie von demselben jungen Burschen, der sie gebracht und wieder ausgelöst Hatte, umgeschrieben. 150 Mark waren darauf gegeben."

Mit einer ungewöhnlichen Hast, die deutlich genug die Aufregung des Doktor Hallern verriet, frug er sodann:

„Wann wurde die Rose ausgelöst?"

„Ja! Das war am – richtig, hier ist es notiert – am Freitag, den 21. Februar."

Das war der gleiche Tag, an welchem das Verbrechen begangen wurde.

Wahrscheinlich hatte ihm die Schwester am Abend vorher das Geld zum Auslösen gegeben!

Doktor Hallern fragte noch weiter:

„Und wenn Sie jetzt den Burschen, der diesen Schmuck versetzt und wieder ausgelöst hat, wiedersehen würden, würden Sie diesen dann auch wieder erkennen?"

„Gewiß!" lautete hierauf die Entgegnung des grauköpfigen Mannes.

„Wäre kein Irrtum möglich?" frug Doktor Hallern nochmals, um vollständig sicher zu gehen.

„Woher denn? Wenn ich einen Menschen auch nur ein einzigesmal sehe, dann erkenne ich ihn jederzeit wieder."

„Und wie sah er aus?"

Das war jetzt die entscheidende Frage.

„Ein junges Bürschchen war es; Mit leichtem, blondem Schnurrbartanflug. Er machte einen furchtbar ängstlichen Eindruck, ganz verschüchtert, weshalb ich ihm anfänglich kein besonderes Vertrauen schenkte.

Aber als er mir sagte, sein Vater sei ein höherer Beamter, der momentan Geld brauche für die Weihnachtstage, da konnte ich nicht recht zweifeln. Er hat die Nadel auch richtig wieder ausgelöst."

Das konnte nur Franz Walther sein!

Jetzt zum Kommissar! Dann mußte Hans Olden frei werden.

„Können Sie jetzt mit mir kommen? In dringender Angelegenheit!"

„Das ist nicht möglich! Ich bin allein! Wer sollte dann das Geschäft versehen?"

„Ich werde alles entschädigen! Was verlangen Sie?"

Hastig drängte Doktor Hallern, der diesen Tag noch seinem Freunde zur Freiheit verhelfen wollte.

„Ja, da kann ich vorerst gar nichts sagen. Ich weiß nicht, was ich heute noch für ein Geschäft machen könnte!"

„Ist zwanzig Mark zu wenig?"

„Ich bin zufrieden, wenn ich noch soviel einnehme."

Doktor Hallern nahm aus seinem Portemonnaie ein Goldstück und gab es dem Alten, den er gleichzeitig um seinen Namen fragte.

„Georg Habicht!"

„Gut! Wir fahren gleich fort. Packen Sie das Hauptbuch ein, das müssen Sie mitnehmen. Ich hole einstweilen eine Droschke. Sperren Sie, bis ich wiederkomme, den Laden!"

Dann eilte Doktor Hallern fort und ließ den Alten kopfschüttelnd zurück, der, wie ihm besohlen, das Hauptbuch zum Mitnehmen bereit stellte und dann seinen Laden sperrte.

Er war damit noch nicht fertig, als auch schon Doktor Hallern mit der Droschke zurückkehrte.

Als der graubärtige Tändler im Wagen Platz genommen hatte, befahl der Doktor dem Droschkenführer:

„Polizeigebäude, Weinstraße! Aber rasch; es soll mir auf ein gutes Trinkgeld nicht ankommen!"

Nun ging es rasselnd und holpernd durch die steingepflasterten Straßen, bis sie nach etwa einer Viertelstunde vor dem Polizeigebäude ankamen.

Doktor Hallern bezahlte, dann stiegen beide die Treppe empor zum Bureau des Kommissars Scharbeck.

Dort angelangt, befahl der Doktor dem Pfandleiher, außen zu warten, bis er hereingerufen werde.

Dann schritt der Doktor in das Bureau.

Überrascht blickte Kommissar Scharbeck auf diesen Besuch, den er am wenigsten erwartet hätte.

Ehe dieser aber noch irgend welche Fragen an den Doktor stellen konnte, platzte dieser gleich mit seiner Mitteilung hervor:

„Der Mörder ist gefunden und überführt!"

Anfänglich hegte der Kommissar einiges Mißtrauen gegen diese so überraschende Nachricht und ersuchte den Doktor vorerst, Platz zu nehmen und ihm dann in aller Ruhe Mitteilung zu machen.

Das tat denn auch Doktor Hallern und berichtete ausführlich über seine Tätigkeit.

Kommissar Scharbeck hatte, ohne zu widersprechen, den Doktor angehört und sagte, als dieser geendet hatte:

„Wenn Sie das alles beweisen können, so steht der sofortigen Freilassung Ihres Freundes nichts mehr im Wege."

„Selbst heute noch?" frug der Doktor, der diesen ersehnten Wunsch kaum mehr erwarten konnte.

„Gewiß!" versicherte der Kommissar. „Aber ein Beweis!"

„Ich habe den Pfandverleiher mitgebracht. Er hat das Hauptbuch mit sich."

„Lassen Sie ihn eintreten!"

Jetzt erschien auch Herr Habicht und gab auf Wunsch das Buch dem Kommissar zur Durchsicht.

Dieser suchte die erste Notiz.

„22. Dezember 1890. Eine Nadel mit goldener Rose und einem Brillanten zum Versetzen auf den Namen Friedrich. 150 Mark. Prolongiert 20. Dezember 1900, dann am gleichen Tage 1901 und am 18. Dezember 1902."

Weiter stand zu lesen:

„21. Februar 1903. Nadel mit goldener Rose und Brillanten für 150 Mark ausgelöst, inkl. Kosten und dreimaliger Umschreibegebühr 176 Mark 40 Pfennig."

Nachdenklich hatte dies Kommissar Scharbeck gelesen.

Dann wandte er sich fragend an den Pfandverleiher:

„Wer hat die Nadel versetzt? Wer ausgelöst?"

„Immer dieselbe Person! Ein junger Bursche mit blondem Schnurrbärtchen," war die sofort erfolgte Entgegnung.

„Um welche Zeit war es? Mittag oder Abend?"

„Es war schon spät! Kurz bevor ich den Laden schloß. Der Bursche sagte hierbei, er müsse sie heute noch haben."

„Das war der Tag der Ermordung von Luise Walther!" erwähnte nebenbei Doktor Hallern.

„Ich weiß es!" war die Erwiderung des Kommissars. „Jedenfalls danke ich Ihnen herzlich für Ihre so erfolgreichen Bemühungen und widerrufe gerne, was ich damals gesagt hatte."

„Ich weiß! Mir ist es schon Genugtuung, die Unschuld meines Freundes bewiesen zu haben."

„Das allein genügt nicht!" erwiderte hierauf der Kommissar. „Das übrige werde ich nachbringen!"

Und er fertigte unverzüglich eine Haftentlassung des gefangenen Hans Olden aus, die er dem Doktor Hallern überreichte.

„Hier, bringen Sie selbst dem Freunde die Freiheit und grüßen Sie ihn!"

Doktor Hallern empfing das Schreiben an die Gefängnisverwaltung der Angerfronveste und entfernte sich dann, nachdem er nochmals herzlich für das sofortige Einschreiten des Kommissars gedankt hatte.

So schnell es ihm nun möglich war, eilte er zum Gefängnisse, um dem Freunde die frohe Botschaft selbst überbringen zu können.

Freudiger als bei seinem ersten Besuche in diesen öden, feuchten Mauern war er gestimmt, als er an der Glocke schellte.

Dem Verwalter des Gefängnisses übergab er dann den Freilassungsbefehl des Richters und bat dann zugleich, ob er nicht als erster seinem Freunde Nachricht über diese Freudenbotschaft geben dürfe.

Der Verwalter, ein gefälliger Mann, keineswegs grimmig und bärbeißig, wie man solche Gefangenenwärter sich vorzustellen beliebt, hatte hiergegen nichts einzuwenden und ließ Doktor Hallern zum Verhörzimmer emporgeleiten, woselbst dann Hans Olden vorgeführt werden sollte.

Wiederum stand Doktor Hallern in dem Raume, in welchem er vor einer Woche seinen Freund zum ersten Male wiedergesehen hatte.

Wie rasch war die Zeit vorübergegangen! Für ihn! Aber wie endlos mochte sie für Olden verstrichen sein!

Dieser hatte wohl alle Stunden in banger Erwartung gezählt, in steter Hoffnung, daß jener Augenblick kommen werde, an dem sich seine Schuldlosigkeit beweise.

Jetzt hörte der Doktor schlürfende Tritte, die Türe öffnete sich und die abgehärmte Gestalt des Freundes trat ein.

„Fritz!“

„Hans!“

Zwei freudige Ausrufe und die Freunde lagen sich in den Armen und küßten sich auf Mund und Wangen.

Dann ergriff Doktor Hallern die Arme Oldens, sah in dessen abgemagertes, krankhaft blasses Gesicht, welches keine Ähnlichkeit mehr zeigte mit dem lebenslustigen und schönen Kavalier, der damals auf der Redoute des Deutschen Theaters getanzt hatte, und verkündete dann dem Freunde:

„Hans, Du bist frei! Ich bin der erste, der Dir diese freudige Nachricht melden konnte!“

Sprachlos war Hans Olden einen Schritt nach rückwärts getaumelt. Er konnte ja diese Freudenbotschaft kaum fassen!

„Ist es möglich?“ stammelten dann in fassungsloser Bestürzung seine Lippen.

„Deine Unschuld hat sich erwiesen!“ jubelte der Doktor.

„Und das habe ich nur Dir zu verdanken! Du hattest nicht eher geruht, bis es Dir ermöglicht war! Wie soll ich Dir danken!“

„Aber nein!“ wehrte ihn der Doktor ab. „Es mußte so kommen. Du schuldest mir nichts als Deine Freundschaft. Ich habe ja nicht mehr getan, als auch Du für mich getan hättest. Sei fröhlich, daß Du wieder frei sein wirst!“

Hans Olden drückte fest die Hand des Freundes und sagte nur:

„Ich werde es nie vergessen!“

„Ach was, nicht der Rede wert. Jetzt aber laß Dir Deine Kleider wiederbringen, dann gehen wir zusammen aus diesen dumpfen Mauern …“

Hier erstickten Tränen fast die Stimme des Doktors vor Freude, der den Freund nun faßte und aus dem Verhörzimmer hinausschob.

Dort hatte der Verwalter des Gefängnisses auf Hans Olden gewartet und diesem den Freilassungsbefehl zum Lesen und zur Unterschrift überreicht.

Kaum eine halbe Stunde später schritten beide Freunde Arm in Arm, lachend und schwätzend, der Wohnung des Doktors zu.

Dort feierten sie dann bei dampfendem Grog die Freilassung Oldens.

Eine schreckliche Tat

Kommissar Scharbeck war allein zurückgeblieben und hatte eine ausführliche Vernehmung des Zeugen Habicht vorgenommen und niedergeschrieben. Nach dessen bestimmter Aussage mußte die Schuld Franz Walthers zweifellos erscheinen.

Um aber nach jeder Richtung sein möglichstes getan zu haben, fuhr Kommissar Scharbeck mit dein Zeugen in die Amalienstraße zu Frau Marx.

Als er auch bei dieser ein Verhörsprotokoll aufgenommen hatte, das gleichfalls nur Belastendes für die Tat durch Franz Walther ergab, suchte der Kommissar mit dem Zeugen Habicht die Wohnung Paulsplatz 5, zweiter Stock, aus, um dortselbst den verdächtigen Franz Walther durch unvermutete Überraschung überführen und gleichzeitig verhaften zu sönnen.

Als er auf den Flur des zweiten Stockwerkes trat, wollte eben Bankdirektor Walther seine Wohnung verlassen.

Dieser sah verwundert auf den Kommissar und frug etwas barsch:

„Sie suchen mich ziemlich häufig auf während dieser letzten Tage. Habe ich wiederum die Ehre Ihres Besuchs?"

Dieses unfreundliche Begrüßen, das sehr wohl einen beleidigenden Ton hervorkehrte, empörte den Kommissar Scharbeck derart, daß er in derselben barschen Weise erwiderte:

„Es wäre mir lieber, ich brauchte dieses Haus nicht wieder zu betreten; aber leider zwingt mich die Pflicht."

„Und was gebietet Ihnen diese?"

Bankdirektor Walther stand an der offenen Wohnungstür und machte keinerlei Anstalten, den Kommissar eintreten zu lassen, als beabsichtige er damit, Scharbeck zum baldigen Abgehen nötigen.

„Eine Angelegenheit, die mehr Ihren Sohn, als Sie selbst betrifft. Ihn muß ich unbedingt sprechen!"

„Er kann Sie in Ihrem Bureau aufsuchen!" erwiderte leichthin der Bankdirektor.

„Das ist nicht nötig, da ich ihn jetzt, das heißt, sofort sprechen muß!"

„Ich sehe absolut keinen Grund ein zu solchem Vorgehen, außer ich müßte annehmen, Sie wünschten sich in meinem Hause mißliebig zu Machen!"

Eine Zornesröte wallte im Gesicht des Kommissars Scharbeck auf.

Dann aber stieß er heftig zwischen den vor Erregung zusammengepreßten Zähnen hervor:

„Ich komme als Beamter, um einen Beschuldigten der Gerechtigkeit auszuliefern. Daß Ihr Sohn es ist, dürfte Wohl am wenigsten meine Schuld sein, da ja ich nicht dessen Erzieher war."

Aus den stahlgrauen Augen traf den Kommissar ein stechender Blick.

Ohne einer weiteren Widerrede öffnete jetzt der Bankdirektor die Tür und gab durch einen Wink den vor derselben Stehenden zu verstehen, daß sie eintreten und ihm folgen sollten.

Dann schritt er voran, aufgerichtet, mit schweren Tritten, sodaß der Lüster des Arbeitszimmers, in das er sie führte, leise klirrte.

Hinter dem Kommissar und Habicht, der schüchtern nachgefolgt war, schloß der Bankdirektor die Tür. Dann sagte er zu Scharbeck:

„Welche Schuld liegt gegen meinen Sohn vor, daß Sie in solcher Weise vorzugehen für gut befinden?"

Herausfordernd und gereizt klang die Stimme des Bankdirektors, der sich mit dem Rücken gegen den Sekretär stützte.

„Darf ich vielleicht um jene goldene Rose bitten, die ich Ihnen vor kurzer Zeit wieder zurückgegeben habe?"

Kommissar Scharbeck bemühte sich, möglichst ruhig zu sein und hatte so mäßig, als er es bei seiner gereizten Stimmung vermocht hatte, gesprochen.

„Wozu?"

„Hierüber kann ich erst Aufschluß geben, wenn mir die Nadel übergeben wird."

Ohne Antwort trat der Bankdirektor in das nebenanliegende Zimmer und kehrte nach wenigen Minuten zurück und reichte die Nadel dem Kommissar hin.

Dieser dagegen gab sie dem mitfolgenden Zeugen Habicht und sagte hierbei in ausdrücklicher Betonung, um dem Bankdirektor deutlich erkennen zu geben, um was es sich handle.

„Ist diese Nadel hier dieselbe, die ein junger Bursche am 22. Dezember 1899 bei Ihnen in der äußeren Wiener Straße versetzt hat?"

Der Pfandleiher hatte kaum einen Blick darauf geworfen, als er auch schon antwortete:

„Aber natürlich! Es kann nur diese sein."

Dann sah er an die untere Seite der Rose, an welcher die Nadel einmündete und fuhr fort:

„Hier ist auch ganz deutlich das Zeichen, ein kleiner Kerb, den jeder Gegenstand, der durch mich versetzt wird, erhält."

Der Kommissar nahm die Nadel wieder zurück und gab sie an den Bankdirektor hin. Gleichzeitig frug er abermals den Zeugen Habicht:

„Das ist auch dieselbe Nadel, die am 21. Februar 1903 bei Ihnen von demselben Burschen wieder ausgelöst wurde?"

„Aber natürlich!" lautete wiederum die Antwort des Zeugen.

Hierauf wandte sich Kommissar Scharbeck gegen den Bankdirektor, der, ohne auch nur mit den Wimpern zu zucken, ruhig den Zeugen angehört hatte.

„Der 21. Februar aber ist derselbe Tag, an welchem Ihre Tochter im Palmengarten ermordet aufgesunden wurde."

Die Augen des Direktors waren weit geöffnet.

Er starrte so auf den Kommissar und sagte Mit grausamer Stimme, die in ihrer schonungslosen Mitleidslosigkeit grauenvoll anzuhören war:

„Ich verstehe sehr gut Ihre Folgerung! Und diese Nadel ist es, die bei der Leiche meiner Tochter gefunden wurde. Ja, das wollen Sie sagen! Aber das verschweigen Sie, weil Sie denken, mich durch diese weitere Schlußfolgerung quälen zu können."

Die Stimme des Bankdirektors nahm eine unerbittliche Schärfe an, als er dann ohne Unterbrechung fortfuhr:

„Folglich ist mein Sohn des Mordes an seiner eigenen Schwester verdächtig! Gut, Herr Kommissar, Sie haben Ihre Pflicht vollauf erfüllt! Aber ich habe dadurch nichts verloren!“

Die Augen des Bankdirektors flackerten in unheimlichem Leuchten, das eine wilde Leidenschaft verriet, die in krassem Widerspruch stand zu der bewundernswerten Ruhe des Körpers und der Beherrschung der Rede.

„Ich war gezwungen zu reden, da Sie mich hierzu drängten!“ antwortete hierauf Kommissar Scharbeck als wollte er sich einem unausgesprochenen Verdachte gegenüber entschuldigen.

Da richtete sich der Bankdirektor empor und reckte sich, während er den Kommissar mit höhnender Stimme anklagte:

„Ja, es war eine Feindschaft zwischen uns von Anbeginn! Sie waren es, der mir die Nachricht brachte, daß ich mein einziges Kind verlor! Sie auch hatten mir diesen Sohn wieder in das Haus gebracht, den ich längst zu den Toten gezählt habe! Warum? Habe ich diesen Liebesdienst verlangt? Und jetzt kommen Sie und klagen ihn des Mordes an!“

Es entstand jetzt ein peinliches Schweigen. Auf Antwort wartend stand der Direktor.

Der Kommissar wußte aber nicht, was er hatte entgegnen sollen.

In diesem Augenblick wurde die Tür zum Arbeitszimmer geöffnet und auf der Schwelle stand Franz Walther.

Als dieser zuerst den Vater und den Kommissar erkannte, wollte er hereintreten. Aber in diesem Augenblick erst bemerkte er den Pfandverleiher Habicht, der mehr im Hintergrund des Zimmers stand.

Da überschoß das Gesicht des jungen Burschen. eine jähe Blässe; in demselben Augenblick rief Habicht:

„Das ist er!“

Sprungartig drehte sich Franz um, aber die gellende Stimme des Vaters rief ihn mit unwiderstehlicher Gewalt zurück.

„Halt, feiger Bursche!“

Und Franz blieb. Zusammengeduckt, zitternd stand er ruhig und blickte auf den Boden nieder.

Der Bankdirektor aber rief mit einer Stimme Voll Spott und Verachtung zugleich:

„Ja, das ist er! Feige und kriechend wie eine Hyäne. Das ist das scheußliche Reptil, das sich unter den Fußtritten windet und seinen Stachel gebraucht, wenn die Nacht es schützt.“

Der Kommissar war so sehr im Banne dieser Szene, daß er nichts tun konnte, als sehen und hören.

Was sich hier darbot, war wohl das Eigenartigste, das er je im Laufe seiner langen Erfahrungen erlebt hatte.

Der Mörder, der Verbrecher, stand hier in einer solchen Beschämung wie ein Schuljunge, dem der Lehrer mit Strafe droht; nichts verriet in diesem Menschen die bestialische Grausamkeit, mit der er seine Schwester ermordet hatte.

Dieser Mensch war ein Rätsel, das zum Nachdenken Anlaß gab.

Der Bankdirektor blickte mit seinen stechenden Augen, die eine erschreckende Gewalt auf Franz Walther ausübten, auf den Sohn, der verschüchtert die Augen nicht vom Boden zu heben vermochte.

„Du also bist das Scheusal! Du hast die goldene Rose gestohlen und versetzt? Antworte!“ “Ja!“ kam es lallend von den Lippen Franz Walthers.

„Und Du hast Luise, Deine Schwester, ermordet?“

Wieder stammelte dieser ein Ja.

„Wie ist das geschehen?“

Die Fragen des Bankdirektors klangen so bestimmt, wobei seine Augen sich immer durchdringender in dem Antlitz seines Sohnes förmlich festsaugten, daß dieser unter diesem Banne gehorchen mußte wie ein willenloses Kind.

Er erzählte unter mehreren Unterbrechungen, wobei stets nur ein kategorisches „Weiter!“ aus dem Munde des Vaters genügte, um ihn zur Fortsetzung seiner Darstellung zu veranlassen.

„Sie hat mir das Geld zum Auslösen gegeben. Sie hat es erfahren, daß ich die Rose genommen hatte. Und da habe ich sie auch ausgelöst.

Am Abend vorher schon hatte ich von Luise bei einer Zusammenkunst im englischen Garten das Geld bekommen. Und am Abend darauf war sie auf der Theaterredoute. Auch ich! Ich trug einen schwarzen Domino und eine Samtmaske.

Und – und als ich sie allein im Palmengarten traf, eben war ein anderer, ihr Tänzer, fort, da wollte ich ihr die Nadel geben – und – und sagte, sie sollte Dir nichts davon sagen. Aber sie meinte, sie müßte es tun, um so Verzeihung zu erwirken.

Ich bat – und – sie beharrte darauf. Und – und da wurde es mir rot und schwarz vor den Augen und dann stieß ich ihr das Messer, das ich bei mir hatte, in den Hals – – dann war ich davongerannt – –“

Eine furchtbare Stille war eingetreten.

Franz Walther stand unter dem suggestiven Einflüsse des Vaters und machte keine Bewegung, keine Miene der Entschuldigung oder Reue.

Auch der Kommissar war beeinflußt von dieser herrischen Erscheinung des Bankdirektors.

Dieser selbst schien leblos erstarrt. Seine Gestalt regte sich nicht, nur die weitgeöffneten Augen starrten auf den Sohn.

Da sprang der Bankdirektor auf, griff nach der schweren Tischlampe aus dem Sekretär, und ehe der Kommissar noch dazwischen treten konnte, schmetterte er diese auf den Schädel Franz Walthers nieder, der sofort zusammenbrach.

Der Vater hatte die Gehirnschale des Sohnes zertrümmert.

Erschrocken war der Kommissar nach rückwärts gesprungen, da er einen Tobsuchtsanfall des Direktors befürchten mußte.

Dieser aber war sofort vollkommen ruhig und sagte mit leiser Stimme; als wäre nichts vorgefallen:

„Jetzt, Herr Kommissar, erfüllen Sie Ihre Pflicht! Ich bin Ihr Verhasteter!“

Dann schwieg er!

Franz Walther war tot.

*

Mehrere Wochen waren schon darüber vergangen.

Da trafen sich zufällig Kommissar Scharbeck, Hans Olden und Doktor Hallern.

Da der Kommissar dienstfrei war, nahm er eine Einladung des Doktors, mit in das nächste Restaurant zu kommen, an.

Dort war natürlich die erste Frage sowohl Oldens wie des Doktors:

„Was ist jetzt in der Mordsache Walther geschehen?“

Von dem Vorfall in der Wohnung, von der Schuld des Sohnes an der Ermordung seiner Schwester, von der Schreckenstat des Vaters, hatten alle Zeitungen schon Berichte gebracht und davon wußten auch die beiden Freunde alle Einzelheiten.

Kommissar Scharbeck antwortete deshalb:

„Was die Zeitungen meldeten, ist alles ja richtig. Es war ein lähmender Anblick den ich nicht noch einmal sehen möchte.

Der Bankdirektor selbst wurde in die Irrenanstalt geliefert. Dort trägt er immer die goldene Rose mit dein Brillant im Kelche. Dabei erzählt er allen und immer wieder:

„Diese goldene Rose habe ich mir durch zwei Mordtaten verdient. Meine Tochter und meinen Sohn habe ich abgeschlachtet! Heidi, so habe ich die Axt geschwungen und dafür die Rose für meine Tapferkeit erhalten."

Es ist dies ein furchtbarer Anblick. Die Mutter verlebt ihre Lebenstage in Einsamkeit. Sie allein ist zu bedauern!"

Eine Pause trat ein!

Dann flüsterte Olden, als lähme ihn der Gedanke an diese Darstellung:

„Und nur durch jene Rose ist alles entstanden!"

Da schüttelte Kommissar Scharbeck den Kopf und sagte:

„Nein, nicht diese Rose trägt schuld daran, sondern der Bankdirektor selbst. Er hat seine Kinder, das heißt, den Sohn, so erzogen, das dieser nur in Furcht und sklavischer Unterwerfung lebte. So nur konnte es möglich sein, daß dieser Sohn in Augenblicken, in denen er außerhalb des Machtbereichs des Vaters stand, keine Beherrschung kannte. Nur diese Furcht hat ihn zu dieser entsetzlichen Mordtat getrieben."

Hier fügte Doktor Hallern hinzu:

„Dann läge also in Franz Walther das Beispiel vor, daß durch übertriebene Strenge der Verbrecher großgezogen wird?"

„Allerdings!" war die bestimmte Antwort des Kommissars. „Es ist dies der Beweis hierfür."

Damit brachen sie ab von jenem Thema, das einen so grauenhaften Abschluß gefunden hatte.

Späte Reue

Der Wind blies rauh über das Land; die Blätter sanken von den Bäumen und deckten den kahlen Grund. Am Himmel standen graue Wolken, die sich unheildrohend zusammenballten.

Den Damm entlang wanderte ein Mann, den das Unfreundliche der ihn umgebenden Natur nicht zu kümmern schien.

Nachdem der Einsame eine gute Strecke gegangen war, blieb er an einer hohen Hecke, die einen Kirchhof umsäumte, zögernd stehen. Wenige Augenblicke später trat er durch die Pforte in den Gottesacker... Hier und da schimmerte ein unruhiges, flackerndes Licht durch die Sträucher und Bäume; er besann sich – – richtig – heute war Allerseelentag...

Langsam ging er von Grab zu Grab; manchmal bog er sich vor, um halb verwitterte Inschriften zu lesen. Plötzlich blieb er stehen. Da stand deutlich von etlichen Kerzen beschienen:

Hier ruhen die Eheleute
Gottlieb und Elisabet Schneider.
Möge ihnen die Erde leicht sein.

Er sank an dem Stein nieder – und schluchzend kam es von seinen Lippen: „Vater – Mutter – – Verzeihung, Verzeihung! Ich – Euer Sohn – knie hier und flehe – –" Die Worte erstarben ihm auf den Lippen, denn plötzlich stand eine Frauengestalt vor ihm.

„Margarete – Du?" Er schrie es in die Stille. – – „Ja, ich. Gott zum Gruße in der Heimat, Karl Schneider!" – – „Du – hast ihnen die Lichter angezündet – Du – ich danke Dir." Er streckte ihr die Hand hin, die sie fest drückte. – – „Also doch – also doch – heimgekehrt –" Es lag ein frohes Jauchzen in ihren Worten. – – „Komm," mahnte sie, „laß uns gehen – Du wirst mir viel zu sagen haben –"

Sie gingen dem Ausgang zu. Er sah scheu an ihr empor. „Und Du verachtest mich nicht?" – – „Ich Dich verachten? Wie sollte ich?" – – „Trotzdem ich ehrlos, gemein gehandelt habe und feige war all die Jahre über – feige, weil ich nicht büßen wollte, was ich in jungen Jahren gesündigt? Jetzt weiß ich, wie töricht ich gewesen bin ... Aber sieh, Margarete, die strenge Erziehung, so lange ich denken konnte, keine Freiheit, kein Licht, kein Leben – das hielt ich nicht aus – ich wollte in die Sonne schauen, ich mußte weg, weit, weit von der Scholle – und da man mich nicht lassen wollte, da ging ich – vom Vater verflucht, von der Mutter verlassen – Grete, Grete –" er faßte ihren Arm – „und Dich gab ich auf, die ich liebte – – und doch – und doch; es mußte sein! Ich wäre verkommen in der dumpfen Luft. Eins nur hat all die Jahre hindurch mich bedrückt: daß ich mir das erste Zehrgeld nahm. – Und dann, als ich mit allem hier gebrochen und draußen irrte, kämpfte, fror und hungerte und in langen schlaflosen Nächten grübelnd und sinnend dalag – da packte mich eine namenlose Sehnsucht: *nach Hause*! Diese Sehnsucht zehrte an meiner Kraft; ich wurde schwach und *schrieb* – ich schrieb Briefe, in die ich meine Seele goß; ich bat, sie möchten verzeihen, daß ich ihnen nicht willens gewesen; daß ich nicht hätte sein können, wie sie es gewesen wären, wie es die Vorfahren gewesen waren – Bauern, die ihren Acker durchfurchten, ihr Stroh droschen und ihr Gemüse bauten; ich schrieb ihnen – – ach, was schrieb ich ihnen nicht alles? Aber –" – – „Es kam nie eine Antwort," vollendete sie. – – „Du weißt –?" – – „Ja, ich wußte; ich wußte noch weit mehr, als Du je gedacht; ich wußte, daß Du gehen würdest; ich wußte, daß der Bruch zwischen Dir und den Deinen unvermeidlich war – wie sollten sie Deine Pläne, Dein Sehnen je verstehen? Du warst ihnen ein verträumter Ferseschmied, der seinem Herrgott die Zeit stahl; Du warst – kurz, ich verstand. Dich quälte die Enge, die –" – – „Und Du sagtest mir nie ein Wort?" – – „Du fragtest mich ja nicht," entgegnete sie leise. – – „Grete," schrie er ans, „Grete, *hättest* Du gesprochen – – zu spät, zu spät ..." – – „Noch nicht, mein Freund –" – – Er sah sie an: „Du könntest, Du wolltest verzeihen –?" – – „Ich habe verziehen, wie Dir die Deinen verziehen haben –" – – Da sank er vor ihr auf die Knie. „Grete, mein Weib!" Und sie beugte sich nieder und küßte ihn leise auf die Stirn.